KB178713

크게 성공하진
못했을지라도

크게 성공하진 못했을지라도

강영구 지음

Even if It was not a big success

좋은땅

Prologue

우리는 보통 1년을 4분기로 나눈다. 국가나 기업, 또는 각 기관에서 연간 계획을 세울 때 계절의 특성에 따라 월별, 분기별로 달성해야 할 목표를 세워 놓고 목표 대비 달성과 성과를 분석하여 대외에 발표하여 성적표를 받는다. 성과가 좋으면 주마가편(走馬加鞭)으로 더욱 채찍질하는 경우도 있고 목표에 미달하면 그 원인 분석을 통해 대책을 수립하여 목표 달성에 최선을 다한다. 돌아보니 인생도 분기로 나눌 수 있다. 이제 팔십 고개를 넘으려는 순간이다. 말하자면 4/4분기에 이미 들어와 있다. 3/4분기까지 만족하지는 않지만 매 순간 열심히도 살아왔다. 그러나 좀 더 잘할 수 있는 여건과 기회도 있었다. 그럼에도 불구하고 그 많은 과오(過誤)나 실수(失手)들로 인하여 뭐 하나 제대로 해 놓은 것이 없다는 생각이 들기도 한다. 쓸쓸하고 허송세월(虛送歲月)한 것이 아쉽고 눈물이 난다.

장, 단기 목표를 세워 놓고 푯대를 향해 달려왔더라면 그나마 성과를 측정할 수가 있었으리라. 장기 목표는 고사하고 단기 목표도 그때그때 임시방편적으로 땜질했으니 이 나이에 이루어 놓은 것이 없다는 것이다. 안타깝고 한탄스럽다.

이제라도 그나마 세워 놓았던 단기 목표들을 재정리하고 새롭게 푯대를 세워 그야말로 괜찮은 그림을 완성해야 되겠다고 다짐하며 과욕(過慾) 부리지 않고 실천 가능한 목표를 세워 보았다.

버킷 리스트(Bucket list) 중 실천 가능한 세 가지는,

첫째, 성경 100독 읽기다.

2002년 2월 13일 12시 48분에 1독을 하여 성내동 소재 참사랑교회 담임목사님으로부터 장한 상을 받았다. 2023년 12월 현재 신·구약 64독을 했고 독자들이 이 글을 읽으실 2024년 정초가 될 시점이면 65독이나 66독쯤 되리라 짐작이 간다.

100독을 해야 겨우 장로가 되는 조건이 된다고 송영희 목사님에게 의견 제시하여 합의를 본 것이다. 뿐만 아니라 성경에 있는 감독의 제반 조건을 이행해야 비로소 진정한 장로가 된다는 것이다. 즉 장로란 구약 출애굽기 18장 21절에 재덕(才德)이 겸전(兼全)하고 하나님을 두려워하는 자를 모세의 협력자로 재판과 예배에 협력할 수 있고 능력이 있는 자, 민수기 11장 16~17절에 지도자의 자질이 될 조건을 이행할 수 있는 자, 신약 야고보서 5장 14절에 교인의 고통을 짊어지고, 사도행전 20장 28~30절에서 그 사명을 명시하고 있다.

수신(修身)해야 할 일이 한도 끝도 없다. 이것이야말로 특별한 의미가 부여된 '카이로스(Kairos)' 시간에 조금이나마 헌신해야 하는 것이다.

사실 이 목표는 유동적(流動的)이다. 100독을 해도 깨닫지 못하면 어느 정도 깨달을 때까지 연장(延長)될 수도 있다. 이것은 콩나물 이론과 같다고나 할까? 어릴 때 우리 어른들은 콩나물시루를 마련하여 방 한쪽 구석진 곳에 놓고 물을 주면 물이 다 빠지는 것 같아도 일정

기간이 지나면 콩나물이 되어 훌륭한 반찬으로 밥상에 오르게 된다.

'讀書百遍義自見(독서백편 의자현)'이란 말이 있듯이 중국의 위(魏)나라의 동우는 가르침을 받으려고 사람들이 자신에게 모여들자 먼저 책을 백 번 반복해서 읽어 보면 뜻을 자연스럽게 알게 된다고 강조했다고 가르치고 있다.

둘째, 목표는 5권의 저서를 남기는 것이다. 세부목표는 나머지 쓰려는 3권의 저서(著書)에 모두 담으려고 생각하고 있다. 2020년 5월 17일 《898스토리》로 자서전 쓴 것을 필두로 지금 두 번째 책인 수필집 《크게 성공하진 못했을지라도》가 겨우 완성 단계에 있다.

셋째, 목표는 사정이 허락하는 한 내가 졸업한 서울사이버대학에서 실시하는 졸업생을 위한 무료 과목을 한 학기당 두 과목을 수강하는 것이다. 과목을 좀 더 늘려 주었으면 좋으련만 그래도 최신 학문을 접할 수 있는 기회를 활용할 수 있으니 감지덕지(感之德之)할 뿐이다.

2023년 7월 2학기는 메타버스와 플랫폼 TOOL과 영업과 세일즈 커뮤니케이션 두 과목을 신청했고 오늘 아침 2023년 12월 4일 14주차 2개 과목을 모두 차질 없이 수강했다. 2024년 새 학년 새 학기가 기다려진다.

산전수전(山戰水戰)을 겪으면서 살아온 발자취인 자서전 《898스토리》에서 대강 정리해 놓았다. 아직도 모아 놓은 각종 자료가 너무나 귀중해서 3권으로 만들어 마무리하려고 한다. 고달프고 힘든 일이다. 그러나 어찌하랴. 뚜렷하게 할 일이 있는 것도 아니지 않는가?

이 목표들을 달성하려고 새벽 4시면 일어나서 2시간 동안 성경을 읽는다. 6시부터는 EBS, JEI 등 영어 방송을 8년째 듣고 있다. 그러고 나서도 '크로노스(Chronos)' 시간은 많다. 어떻게 보면 게으르다고 말해도 사실 할 말은 없다. 지나고 보면 아무것도 아닌 것을 머리를 뜯고 고민하고 허송세월(虛送歲月)해 왔다. 지금 이 순간도 마찬가지다. 조급하지 않으려고 노력은 하나 평소에 몸에 밴 습관으로 마음에 걸릴 때가 많음을 어찌하랴. 될 수 있는 대로 엔돌핀(Endorphin)이나 다이돌핀(Didorphin)을 가지려고 사모하며 노력하고 있다. 허송세월(虛送歲月)하기보다 보람되는 일을 만들어서 사랑하는 이들에게 조금이라도 도움이 되고자 한다. 해마다 연초가 되면 보내 주신 엽서(葉書)로 나의 삶에 크게 영향을 끼치신 존경하옵는 고 이당(怡堂) 안병욱 교수님의 정성스런 14편의 금과옥조(金科玉條) 같은 가르침을 함께 실으면서 추모(追慕)의 정을 담아 보았다.

아브라함 링컨이 "나는 언제나 준비할 것이다. 나무를 베는 데 6시간을 준다면 4시간을 도끼날을 가는 데 쓸 것이다."라고 말했다. 철저한 실력으로 단련(鍛鍊)한다면 언젠가는 기쁨의 그날이 올 것이다.

잡초의 목표는 무슨 일이 있어도 살아남는 것이다. 온 힘을 다해 버티고 갖은 방법을 다해 생존을 도모한다. 잡초로 천대(賤待) 받다가 뒤늦게 인정받은 비름나물같이.

목 차

저자 프로필

강영구

출생 : 1944.7.30 경상북도 의성

학력 : 영남대학교 경영학과 학사

서울사이버대학(SCU) 졸업(2022)

경력 : 동아제약, 동아 오츠카, 라미 화장품 임원(1972~1997)

ROTC 6기(1968년 소위 임관)

서울대학교 경영대학 초빙연구임원(1998~1999)

대한민국 ROTC 기독 장교 연합회 초대 사무총장

각종 기업체와 학교 등 산업훈련 강사

1

::::::::::::::

야망(野望)을
품고

가. 실력자가 되려면

　일을 함에 있어 변화보다 현재 익숙해져 있거나, 쉽게 적용할 수 있는 것을 선호하는 사람들을 우리는 쉽게 볼 수 있다. 물론 변화와 도전을 좋아하는 사람들도 많이 있다.

　제약업계 선두주자로 있다가 그룹의 인사이동으로 중소 규모의 음료 계열회사로 옮겨 가니 익숙하지 않음은 물론이려니와 근무하는 종업원들의 자부심도 모사인 제약에 비해서는 무척 결여되어 있었다. 심지어 모사에 대한 섭섭한 분위기도 여러 면에서 감지되고 낙하산으로 온 간부에 대해서도 곱지 않은 시선이 많았다. 더구나 입사도 일천한 내가 영업본부 실무책임자로 가니 부서 내에서도 입사년도로 따지면 선배도 여러 명 있었다. 영업을 알아야 하겠기에 루트카를 타고 담당 세일즈인 사원으로부터 OJT(On the Job Training)를 받고 업무를 파악하는 실정이었다. 교육 담당을 하면서 훈련시킨 것이 자산이 되어 아주 생소하지는 않았다. 이듬해인 1985년 기능성 음료인 '포카리스웨트'(이온음료)라는 생소한 제품을 도입하는 계획이 추진되고 있었다. 당시로서는 기능성 음료에 대한 개념조차 불투명한 상태였다. 그러나 86 서울 아시아 경기대회를 앞두고 있었고, 그로부터 2년 뒤에는 24회 서울 올림픽이 개최되는 등 스포츠 분위기가 상승 국면을 타고 있었다.

제품을 시음해 보니 이것은 아니다 하는 맛이었다. 돈 주고 먹으라고 해도 마시지 않겠다는 반응도 나왔다. 달고 시원한 탄산음료에 익숙해 있는 우리들의 입맛이었다. 오란씨나 나랑드 사이다 같은 맛좋다고 정평 있는 음료도 경쟁 때문에 고전하고 있던 때였다. 담는 용기도 병이 주류였기에 원가도 높고 운반 등 에너지도 많이 소요될 뿐만 아니라 광고도 해야 하는 업계 특수성 때문에 대량 판매, 대량 소비가 이루어지지 않으면 존립 자체가 어려운 상황이었다. 적자는 누적되고 실적도 시원치 않으니 자연적으로 모사(母社)에 비해 복지수준도 차이가 많았다. 기존의 시장과 구체적 루트세일 기법에는 미숙하고, 유통경로나 업계 풍토에 대해서는 생소한 부분이 많았다.

그런 면에서 누구도 경험해 보지 못한 기능성 이온음료 도입계획은 나에게는 기회였다. 부장으로서 실무자가 되는 포카리스웨트 브랜드 매니저가 되겠다고 자청했다. 내가 기여할 업무를 스스로 개척해야 되겠다는 굳은 각오를 했다. 제휴한 일본 측에서는 크게 환영했다. 그로부터 생소(生疏)한 제품을 가지고 신시장을 구축해야 되는 막중한 임무가 부여되었다. 내가 브랜드 매니저(PMM)로 결정이 예정되니 한국 담당 일본인 나카자와(中澤) 이사가 나에게 교육을 시작했다. 1985년경이었다. '생명과 물'이라는 교육용 CD를 건네주면서 번역사에게 맡겨 내용을 잘 파악하라고 권고했다.

사실 그때까지 일본인과 의사소통하는 것은 내 능력 밖의 영역이라는 생각이 들었다. 며칠 동안 생각해 보니 이 기회에 일본 말도 익히고, 이 제품이 일본에서 엄청난 매출을 올리고 있는 이유를 파악해 보려는 욕심도 생겼다. 입사 후 사원 시절 과외로 일본어를 시작하고 세 번이나 그만둔 기억을 되살려 이번 기회에 의사소통할 정도의 수준까지는 올려야 되겠다고 굳게 다짐했다. 직접 번역해 보겠다고 결심했다. 중국 속담에 '뿌파만 즈파짠(不怕慢 只怕站)'이란 말이 있다. 즉 느린 것을 두려워 말고 중단하는 것을 두려워하라는 뜻이다. 중도에 포기하는 일이 없도록 수없이 다짐하면서 시작했다. 나의 숨은 야망(野望)이 드디어 발동하기 시작했다. 상사나 부하 외부인 등 그 누구에게도 절대 주도권을 빼앗기지 않겠다는 굳은 의지로 변했다.

그때부터 바빠지기 시작했다. 가족 외에는 누구에게도 알리지 않고 받은 교재 번역에 여념이 없었다. 적어도 사내에서만큼은 내가 독보적 존재가 되어야 했다. 교육 담당을 거치면서 1인 3역을 하면서 쌓은 노하우다. 지금같이 Chat-Gpt나 Papago 등 AI를 이용한 외국어 번역기를 사용하여 자력으로 쉽게 해결할 수 있으나 40년 전에는 결코 쉬운 것이 아니었다. 한자로 된 글자를 좀 아는 것이 그나마 실력의 전부였고, 히라가나로 연속되는 글자는 사전 찾기에도 부담이 되었다. 몇 번이나 그만둬 버릴까 생각도 해 보았으나 나와의 싸움에서 허무하게 포기할 수는 없었다.

제약에 있었으면 가르치러 오는 일본어 선생과 의약실(醫藥室)에 일본 회사와 제휴하여 품목별로 공동 마케팅하는 담당자가 여럿 있어서 쉽게 상의할 수도 있었겠으나 안양은 모사와 거리도 멀었고 각자가 바쁘게 하는 업무가 있어서 일일이 물어볼 수도 없는 것이 현실이었다. 하루에 한 페이지 정도 번역하면 아주 성과가 좋은 날이었다. 그때부터 나에게는 휴일이라고는 아예 없었다. 나카자와(中

澤) 이사는 남서울 호텔(강남구 소재 르 메르디앙 호텔의 전신)에 숙소를 정하고 2년여를 보내고 있었다. 토요일이면 내 자리로 찾아와서 "강 부장, 내일 뭐 할 거냐?"고 넌지시 물었다. 특별한 약속이 없으면 호텔에서 식사나 하자고 제의했다. 서초동에 살고 있던 나에게는 거리도 가깝고 걸어서 갈 수 있어서 편리했다. 휴일마다 거르지 않고 이런 일이 반복되었다. 사실은 말도 잘 통하지 않아서 불편하기가 이루 말할 수 없었으나 시간이 갈수록 눈빛만 봐도 무슨 뜻인지 알 수 있을 때도 많아지게 되었다. 영업에 관해서는 그도 나 아니고는 이야기할 상대가 별로 없는 상태에서 우리는 점점 가까운 사이가 되었다.

그런 중에서도 목표 달성을 위해 실적도 올려야 되는 영업실무 책임자의 자리이니 매일매일 실적을 독려하지 않을 수 없었고, 재경 지역에 있는 8개 지점을 정기적으로 순회하면서 회의를 주재하고 끝에 가서는 우리의 새로운 희망인 신제품 포카리스웨트를 강조하면서 회의를 끝냈다. 지점을 출발해서 귀사하는 나의 등 뒤에서 "포카리 간다"는 칭찬인지 조롱인지 모르는 소리가 사원들로부터 들리곤 했다.

시간은 흘러갔고 나의 상사나 중간 관리자들도 여럿 있었으나 각자 할 일에만 몰두했고 신제품에는 별 관심을 쏟지 않았다. 나에게는 좋은 기회였으나 그들에게는 과외로 여겨지는 것같이 느껴졌다. 대부분 새로운 업무나 새로운 부서 배치는 회피하는 경향이 있었다. 잘해야 본전이고 시간도 많이 걸린다고 회피하는 경우가 많았다. 그러나 신제품에 대해서 질문하고, 도입에 필요한 정보와 전략 등은 시간이 갈수록 대부분 나를 통하지 않고는 파악할 수 없는 경우가 많아지게 되었다. 일본 측 담당자들도 내가 다 설명하고 불편을 해소해 주니 그들도 우리말 공부를 소홀히 했고, 대부분 나를 통해서 업무가 추진될 수밖에 없었다. 나는 브랜드 매니저로 확고하게 자리 잡아 갔다.

심지어 생산 문제와 기계를 설치하러 오는 관리자와 기술자들도 나에게 와서 특징과 제조공정에 대해 설명하고 많은 정보를 알려 주어 제품에 대한 확신도 들었다.

브랜드 매니저 양성에 이렇게 공을 들이는구나 생각하니 책임감도 생기고 승부를 걸어도 되겠다는 확신이 들었다. 모든 개척자들이 겪어야 했던 것처럼 원치 않는 일도 해야 되겠고, 주춧돌 놓듯이 하나하나 밑바닥부터 내 손으로 계획(Plan)하고, 실행(Do)해 보고, 평가(See)해 볼 수 있다고 판단했다. 만나야 할 사람도 많아지고, 도매상, 소매상, 마트, 편의점 등 유통경로들을 샅샅이 살펴보았다. 가까운 일본과 대만을 방문하여 먼저 도입 과정에서 시행 착오한 경험과 현재의 상태 등 현장 교육도 체험했다. 그러니 기존의 시장생태도 자연스럽게 비교, 파악하게 되고, 각사의 체질도 쉽게 파악하는 계기가 되었다. 거대한 매출을 올리고 있는 콜라와 사이다, 주스, 드링크들을 취급하는 업계 실무 책임자들 모임에 참석하여 그들로부터 들은 조언도 많은 참고가 되었다. 이온음료에 대해서는 일종의 무시하는 태도였다. 잘해 보라고 격려 아닌 격려의 말을 들었다. 시장성이 있다고 판단되면 자기들의 막강한 조직과 자금력으로 하루아침에 시장을 석권해 버리겠다는 다소 오만한 말도 들어야 했다.

데이비드 브룩스(《두 번째 산에서》)의 말이 생각났다.

"당신이 되고 싶은 사람이 되기 위해서는 하고 싶지 않은 일을 해야 하고, 듣고 싶지 않은 말을 들어야 하고, 만나고 싶지 않은 사람을 만나야 한다. 원치 않는 일을 하지 않고 진정 원하는 일을 하는 사람은 없다."

아브라함 링컨 대통령은 말했다.

"나무를 베는 데 6시간을 준다면 4시간은 도끼날을 가는 데 사용할 것이다."

실력자가 되려면 이와 같이 철저하고도 용의주도하게 준비하고 실력을 쌓아 놓아야 할 것이다.

자강불식(自强不息)

: 목표를 향해.

스스로 단련하여 어떤 시련이나 위기가 닥쳐도 굴복하거나 흔들리지 않고

마음을 굳세게 다지며 굳은 의지로 쉬지 않고 노력한다면

마침내 목표는 이루어진다.

나. 가자! 가시밭길일지라도

조직생활을 하다 보면 특별한 노력 없이도 좋게 평가 받는 경우가 자주 있다. 전통적으로 좋은 회사이거나 잘 조직된 부서에서 특별한 노력 없이도 성과를 내면서 적응해 갈 수도 있다. 일을 조금 못해도 별 표시가 나지 않으며, 조직의 힘으로 헤쳐 나갈 수 있다. 지금은 잘 모르지만 4~50년 전에는 4대 이권부서라는 말도 큰 회사에서는 흔히 들을 수 있는 말들이다. 적어도 객관적으로는 인사, 자재, 광고판촉, 재무 등을 일컬었다. 그렇지 않은 경우가 대부분이고 거기에도 애로사항은 많이 있다고 본다. 그러나 보통 누구에게도 아쉬운 말을 하지 않고, 자기 목소리도 낼 수 있는 곳을 우리는 그렇게 말해 왔다. 제때 월급 나오고, 때와 기한이 되면 승진, 승급되는 곳을 우리는 좋은 회사, 좋은 부서라고 한다. 그야말로 꽃길만 걸을 수 있다. 보통 사람이라면 부러운 곳임이 틀림없다.

이렇게 되기까지 어느 누군가에 의해 피나는 노력과 수없는 실패를 거듭하면서 쌓아 놓은 개척자들이 있게 마련이다. 그러다가 부서를 옮기거나 정기 인사이동에 의해 전출이 돼서 어려운 일을 만나거나 문제에 부닥치면 당황하고, 해결할 수 없는 상황에 직면하면 큰 낭패를 보기가 십상이다. 내가 경험한 영업본부의 부장은 본부와 전국 영업을 지휘, 통솔하는 위치에 있는 부서장이다. 관리가 잘되는 조직을 통해 성과를 올릴 수 있고 동기부여를 적절하게 한다면 얼마 든지 지시하고 편하게 보낼 수 있는 자리다.

1980년 중반쯤이다. 일본의 오츠카 제약과 제휴하여 이온음료 포 카리스웨트를 도입하기로 결정이 났다. 오랜씨로 거대한 콜라와 사 이다 시장에서 겨우 명맥을 유지하던 회사가 한 단계 up grade하기 위해서는 생소한 이온음료 분야를 개척해야 하는, 회사의 명운이 걸 린 아주 중요한 Project였다. 잘해야 본전이고 더구나 성공적으로 정 착시키려면 엄청난 시련을 각오해야 했다. 적당하게 담당자를 지명 하여 맡겨 버리면 될 일이지만 내가 직접 PMM(Product Marketing Manager)가 되어 겸임하기로 했다. 험지를 스스로 택한 것이다. 실 적이 변변치 않으면 체면을 구기는 그런 길을 자발적으로 택한 것이 다. Line의 장이면서 Staff도 겸하니 아주 유리한 면도 있었다. 신제 품을 도입, 육성하자면 부수되는 인적 자원과 판매비 등을 집중적으 로 투입해야 한다. 따라서 새로운 조직원 40여 명을 신규 채용하여 직접 지휘하면서 그야말로 바쁜 나날을 보내게 되었다. 40대 초반의 나이에 물불 가리지 않고 승부를 걸어 볼 요량으로 전력투구했다.

어느 날 컨디션 난조로 소변을 보니 흙탕물 같은 것이 보여 병원 을 찾았다. 의사 선생님이 놀라는 기색이 역력하였다. 무조건 쉬라 고 했다. 그것도 꽤 긴 시간을 제시했다. 그러나 어느 누구에게도 말 할 형편이 아니었다. 소니의 마쓰시타 고노스케(松下幸之助)도 과 다한 업무로 피오줌을 세 번이나 쌌다고 했다. 아주 힘겹게 몸으로 때워야 하는 형편이었다. 자기와의 어려운 싸움이었다. 결론적으로 30여 년의 회사 생활을 어떻게 했느냐고 누가 나에게 묻는다면 나는 그 답을 갖고 있다. 내 자식같이 정성 들여 키운 제품이 있기에 말이다. 그런 생활이 7년여간 계속되었고, 2017년 도입 30주년 기념 특집에 그 족적이 기록으로 남게 되었다. 발매 이래 단 한 번도 선두 자리를 내준 적이 없었고, 많은 경쟁품 중에서 M/S 57%(2020년 기준) 이상을 유지해 오고 있으며 누적 금액도 3조 원을 육박하고 있다. 그 험지를 도전 정신으로 일관했고 영업총수 자리까지 제품과 함께 승승장구했다. 다른 사람에 의해 개척된 길이라면 쉽게 갈 수 있었지만, 나의 힘과 정성이 크게 반영된 그 힘으로 새로운 개척의 길을 만들어 놓았으니 어찌 보람을 느끼지 않을 수 있으랴. 험지를 스스로 택한 만큼 보람도 남다르게 느껴진다. 험지(險地)를 피하지 말라. 다만 그 길은 엄청난 가시밭길임을 각오해야 한다.

다. 넘어지면 또 일어나고

뒷줄 왼편에서 5번째가 필자.

1) 유도(柔道)를 통해서 쌓은 DNA

고등학교 시절의 이야기다.

남자가 어디에 가더라도 기죽지 않고, 자기 몸을 지킬 수 있을 정도의 무술을 하나쯤은 익혀 놓아야 한다는 생각이 들었다.

그래서 심사숙고 끝에 유도를 택하기로 결심했다. 유도는 점잖은 운동이며 남을 공격하거나 해를 입히지 않는 그야말로 방어 위주로 하는 운동이라는 생각이 들었다.

대구 중앙통에 있는 대구유도관에 등록하고 새벽마다 열심히 다녔다. 열심히 다니는 이면에는 농구에 대한 미련을 날려 버리는 목적도 있었다. 더울 때나 추울 때에도 인내하면서 열심히 다녔다. 몸을 풀고 낙법 등 기본기를 연마한 뒤 짝을 지어 대련을 하면서 기술을 익혀 나갔다. 유단자들은 손쉬운 상대를 골라서 대련하는 경향이 많았다.

어느 날 도장에 들어가니 신장도 나와 비슷하고 날렵하게 생긴 유단자가 등장했다, 나중에 안 일이지만 관장 아들로서 서울 유도학교(당시)에 다니는 선수였다. 공인 4단으로서 같은 동급 유단자에서는 볼 수 없을 정도로 기량이 출중했다. 대결하는 것을 유심히 관찰해 보니 상대가 힘 한 번 쓰지 못할 정도로 제압하고 큰 기술도 기술이려니와 파이팅도 넘쳤다. 사람들은 그와 대결하는 것을 기피했다. 하지만 나는 한 수 배우기 위해 기다렸다가 자진해서 가르쳐 달라고 요청했고 나 또한 별 수 없는 존재에 불과했다. 잡아 보니 정말 빈틈도 없고, 공격할수록 되치기로 힘을 쓸 수가 없었다. 특히 허리튀기 기술로 공격 받을 때면 공중을 한 바퀴 반을 도는 느낌이었다. 농구로 단련되었으니 페인팅도 해 보고 힘을 역이용해 보려고 시도해 봐도 통하질 않았다. 어느 날은 얼마나 넘어졌던지 온몸이 쑤시고 아프지 않은 곳이 없을 정도였다.

그렇게 하길 여러 날, 어떤 강자와 대결해도 해 볼 만할 정도로 성장했고, 방어술과 공격술도 조금씩 향상되어 갔다. 열심을 다해 농구할 때에도 유명 선수의 슛 동작이나 게임 운영을 닮기 위해 무척 노력했고, 잠잘 때도 농구공을 안고 잠이 들었다. 어떤 운동이든 기본기는 자세가 좋아야 발전도 빠르고 기술도 정확하게 적용할 수 있다. 그래서 그 유대생(柔大生) 선배의 폼을 닮기 위해 열심히 보고 익혔다. 시작할 때 비슷하던 수준이던 사람들과는 비교가 안 될 정도로 발전해 가고 있었고, 그분도 성의 있게 가르쳐 주었다. 그 당시 대구는 유도 실력이 전국적으로 강하다는 평을 받고 전국대회 우승하는 선수들도 많았다. 나도 학교 대표로 출전하면서 누굴 만나더라도 당당하게 겨룰 수 있었고 그들에게 결코 쉬운 상대가 아니었다. 단체대항 순서를 정할 때도 나는 누구도 거칠 것이 없었다. 운동을 하든 일을 하든 힘들게 하고, 어렵더라도 단련하여 까다롭고 힘든 것들에 익숙해지도록 노력을 해야 한다는 것을 유도를 통해서도 깨닫게 되고 지금까지 내 몸에 흐르는 DNA가 되고 있다.

2) 시련의 고비들

가) 고교입시 낙방

내가 다녔던 의성중학교는 대구시를 제외하고 경상북도 북부지역 농구대회에서 우승하는 등 농구로 전통 있는 학교였다. 나는 2학년 때부터 3학년 선배를 제치고 베스트 5에 들었고 포워드로 득점력이 좋아 교내에서는 인기가 많았다. 되돌아보면 농구공을 만진 후 나도 모르게 공부는 소홀히 하게 되었다. 특히 시합을 앞두고는 까다롭고 엄한 선생님이면 연습한다는 구실을 붙여 수업을 빼먹기 일쑤였다. 영어, 수학, 음악 등 공부는 뒷전이 되었다. 그 대가는 고등학교 입학시험부터 혹독하게 치르게 되었다. 고등학교 입시 때 특차인 경북사대부고에 우리 의성중학교에서 6명이 지원했다. 그런데 나만 낙방하고 5명이 합격했다. 중학교 입학할 때 신입생 대표로 선서한 내가 이렇게 혼자만 낙방하다니, 처음으로 쓰디쓴 맛을 보았다. 그 좌절과 열등감은 말로 표현할 수 없을 정도로 큰 상처가 되었다. 1차 경북고에 지원서를 제출해 놓았으나 대책도 없이 시험 치기를 포기해 버렸다. 결국 2차 마감 날이 되어서야 서둘러 대구상고 야간부에 지원, 입학하게 되었다.

나) 위기가 기회였다

민감한 나이에 의성중학교 운영위원장 출신으로 소위 일류라는 고등학교 교모를 쓰지 못하고, 친구들이 하교하는 시점에서 등교하게 되니 열등감에서 헤어나지 못하는 신세가 되었다. 아는 사람을 만날까 봐 때로는 친구 만나는 것을 기피하는 경향이 나도 모르게 몸에 젖어 있었다.

2·28 대구 학생운동 이후 우리나라의 정치 상황은 급변했다. 따라서 대구는 정치의 중심에 자라 잡았고, 정치 집회가 수성천이나 대구역 광장에서 자주 열리곤 했다. 나는 언변이 뛰어난 우리나라 정치 지도자들을 흠모하게 되었고, 연설회에서 국제문제에서부터 국내 현안까지 두루 알 수 있었다. 그야말로 나에게는 산교육이 되었다. 나도 모르는 사이에 조리 있게 말하고 비판하는 연설은 나의 피를 끓게 만들었다. 이런 정치 집회는 서울 장충공원 등에까지 계속해서 거의 빠짐없이 참가했다. 나에게는 소중한 시간들이었다.

다) 대학입시 실패

대학을 입학하려면 국가고시에 합격해야만 하고 입시생 전원이 이 국가고시에 의해 전국적으로 순위가 매겨졌다. 그 점수를 가지고 희망대학에 지원을 했다. 1차 지원을 했으나 점수가 시원치 않아 낙방했고, 재수하여 그 이듬해도 원하는 대학에 진학 못 하고 결국 영남대학교에 지원하게 되었다. 오기로 가장 경쟁이 심한 과가 어디냐고 접수하는 직원에게 물었더니 작년에는 신생학과인 경영학과라고 했다. 이판사판으로 일단 지원했다. 경영학과가 상경계란 것 외에 아무것도 모르는 상태였다. 경쟁이 가장 치열했다는 것 외에 아는 것이 없었다. 묘한 것은 재수하면서 중점적으로 공부한 부분이 여럿 출제되어 있었다. 답안지 작성에는 시간당 30~40분 걸렸고 검토 없이 그냥 나왔으나 이상하리만큼 자신감이 들었다. 합격된 뒤 주위 사람들로부터 축하를 많이 받았다. 위험부담은 있었으나 목표를 높게 잡아 도전하는 것도 좋은 방법이라고 생각되었다. 지금 생각해도 과 선택은 아주 잘했다고 판단된다.

라) 겨우 찾은 기회

내가 영남대학교에 입학함으로서 평생 동지라 할 수 있는 좋은 친구들을 만나는 계기가 되었다. 친구들 때문에 ROTC에도 입단하게 되었고 좋은 친구들로 인하여 자치회장까지 경력을 쌓게 됐다. 나름대로 꿈과 소망을 크게 가지는 계기가 된 것이다. 내가 좋은 고등학교, 대학교엘 갔더라면 쓸데없는 자기 과신이나 오만으로 오히려 잘못될 공산이 컸으리라 짐작된다. 군 생활을 하면서 나의 부족함을 알기 때문에 지적으로도 무시당하지 않으려고 80 가까운 지금까지도 각종 세미나와 온라인 교육 등으로 열정적으로 자기 계발에 에너지를 쏟아 넣고 있다. 뿐만 아니라 ROTC 제6기 총동기회에서 3대에 걸친 감사와 2대의 사무총장 업무를 맡아서 동기생 동향들을 비교적 잘 알고 있는 편이다. 병과도 경리여서 소위 우수하다는 전국 경상계 대학교 동기들도 많이 접촉했다. 그 우수한 자질의 동기생 중 한국은행 총재 역임한 분, 교수나 대학교 총장 몇 분, 대기업 CEO 몇 분 외에 특출한 인재로 국가에 봉사한 동기가 별로 눈에 띄질 않는다.

마) 입사시험

1960년대와 1970년 초반 공무원과 은행 등을 제외하고는 규모 있는 기업체라고 할 만한 곳은 극히 소수였고, 나는 상경계 출신으로 경쟁이 치열한 은행에 지원했으나 역시 내가 들어갈 곳은 없었다. 1972년 후반기에 전통의 동아제약에 지원했다. 시험에는 운이 따라야 된다는 그 말이 나에게 확실히 증명되었다. 지원자가 많아 회사가 이웃한 동대문상고에서 필기시험을 쳤다. 논문, 영어와 일반 상식 모두가 주관식으로 출제되었다. 묘한 것은 50% 이상이 내가 열심히 공부한 대로 출제된 것이었다. 기억에 남는 논문은 소유와 경영의 분리와 시사에 민감한 의료보험 가입의 요건 등을 영어 해석과 영작으로 묻고 있었다. 나를 합격시키기 위한 출제였다. 이때부터 승진 시험까지 그 길고 긴 저주의 시험에서 합격이라는 대역전의 기회로 전환된 것이다. 내가 인사과에 가서 확인한 사실이지만 일류대 출신으로 쟁쟁한 경쟁자들을 제치고 내 이름이 최상위에 랭크되었다. 이 얼마나 기막힌 사실인가? 회사와 나는 궁합이 좋았다.

바) 실패가 기회로 이어졌다

내가 은행이나 공무원으로 취직되었더라면 어떻게 되었을까. 지금 이 시점에서 은행이나 공무원 출신 친구들이나 동기생들을 볼 때 그쪽 계통으로 가지 않았던 것이 나에게는 행운이었다고 여겨진다. 여러모로 볼 때 아무 연고도 없는 동아제약에 자력으로 입사한 것이 내 꿈을 펼치는 계기가 될 줄은 나도 몰랐다. 나는 직위에 관계없이 무슨 일을 하든 내 회사라고 생각하며 열심히 일했다. 따라서 CEO는 아니었어도 어느 직위에 있어도 책임 있게 소신껏 권한과 자긍심을 갖고 직무를 수행할 수 있었다. 주임 시절에도, 부장급 주임, 과장급 이었을 때도 임원급 과장이라고 수근거리는 소리를 자주 들었다. 이면엔 오너 회장님과의 직접 대면하는 기회가 많았음은 물론이었다.

사) 직장 상사들과 불화

주임과 과장대리 등 두 번의 승진 시험, 즉 필기와 면접에서 좋은 성적으로 관리자로 발탁되었다. 정말 나를 채용한 회사에 대한 고마움이 컸고, 평생 회사 발전을 위해 충성하기로 결심했다. 애사심으로 가득 찬 나의 눈에는 상하직원을 막론하고 회사 발전을 위해 애쓰지 않는 사람들은 월급 도둑들이라고 생각했다. 그러니 직위가 올라갈수록 직속 상사들은 앞에서는 칭찬하나 나와 근무하는 것을 이 핑계, 저 핑계로 꺼리고 있었다. 고급 간부가 되었을 때도 계열사 사장단 회의에서도 나의 문제가 상정되곤 했으나 회장의 절대 신임이 나를 뒷받침해 주었다. 출근부터 교육훈련을 담당할 때까지 눈여겨 보신 회장님이 결국 보호자가 돼 주신 것이다.

아) 판단력 부족으로 파산

퇴직당한 후로는 주로 다단계 계열의 회사들에서 연락이 많았다. 어떻게 해서 알았는지 집요하게 접근하고 부하도 없는 본부장 명함 도 가능하게 제시했다. 국내에서 제일 유명한 A 회사에서 일단 교육을 받았다. 제도로서 다단계는 훌륭했으나 쉬운 방법으로 상위직급으로 승급하려니 변칙과 요령으로 가공실적을 올리는 경우를 많이 보았다. 얼마 못 가서 중도포기하거나 자기 조직을 끌고 타 다단계 회사로 가는 등 문제가 많은 것을 목도(目睹)했다. 거의 1년에 걸쳐 세일즈 대학과 그 이상의 직급 교육을 철저히 받고 그만두게 되었다. 2003년 중반 아동의류업계 대표 자리에 추천받았기 때문이다. 아주 가까운 인척의 알선이라 전력투구로 못다 한 회사에 대한 꿈을 펼쳐 볼 수 있는 곳이라 여겼기에 입사를 결정하고 회사 지분 100%를 내 이름으로 인수했다. 실제로는 바지 사장이었다. 내 명의의 집 도 담보로 했다. 인수 절차가 끝나니 담당 은행으로부터 90억에 해당한 차입금을 3개월 내에 갚고, 그때 가서 신용이 있으면 회복시켜 주겠다고 했다. 1개월도 안 되어 정산해 보니 눈앞이 캄캄하고 차입을 할 수 있다면 무슨 일이든 했다. 어음도 나를 끌어들인 그가 하자는 대로 할 수밖에 없었다. 결국 대표직을 포기했으나 100% 지분에 발목 잡혀 회사를 매각하게 되었는데 나를 끌어들인 그자도 알고 보니 기업사냥꾼의 하수인으로 판단되었다.

나중에 안 일이지만 이 기업사냥꾼 일당들은 변호사, 은행지점장, 군 장교 출신 등으로 20여 명도 넘게 조직되어 있었고, 나와 인수한 자가 채권, 재고 등을 확인하고 정식으로 인계했다. 1개월 뒤 내용 증명 한 통이 배달되어 왔다. 회사를 인계받은 자가 기업을 재인수 했는데 다시 재고를 확인하니 90억이 아니라 10억도 안 된다는 것이다. 돈을 갚든지 며칠 내로 해결해 주지 않으면 검찰에 고발하겠다고 했다. 뒤늦게 안 일이지만 동일한 기업사냥꾼 조직 내에서 자기들끼리 팔고 사는 치밀하게 계획한 수법에 말려들고 말았다. 결과적으로 전 재산이 날아가고, 알거지가 됐을 뿐만 아니라, 1년여를 검찰에 불려 다니면서 조사 받았다. 집은 경매에 넘어가고 가족들은 뿔뿔이 흩어져 이산가족이 되는 낭패를 당했다. 일에 대한 욕심과 현실 파악도 제대로 못 하면서 전과가 있는 인척의 실상도 파악 않고 믿어 버렸다. 그야말로 어리석고 돌이키지 못할 오판(誤判)과 결정으로 파산하게 된 것이다.

　그 대가는 혹독(酷毒)했다. 상장회사 임원을 상당 기간 했던 경력도 사기꾼들에게는 좋은 먹잇감에 불과했다. 온실에서 30년 가까이 있다가 삭풍(朔風) 부는 벌판으로 내쫓겨나서 쓰러지게 되었다. 30년 가까이 청빈하게 살아오면서 모은 전 재산이 하루아침에 적수공권(赤手空拳)으로 전락해 버렸다. 지검장 출신 친한 친구의 도움으로 최악의 경우는 피할 수 있었다. 친구에게만 신세질 수 없어서 법률구조공단의 도움으로 35억의 채무도 법에 의해 탕감 받고 기사회생(起死回生)하는 도움을 받았다. 이것은 요약하고 또 요약한 내용들이다.

자) 건강의 적신호

패혈증(敗血症), 서해부 다분화성 횡문근육종(암)과 고관절 골절, 봉와직염과 화농성 척추염 이 네 가지 병은 내가 경험한 질병들이다. 보통 넷 중에 한 가지라도 앓으면 생명에 치명적인 것이 일반인의 인식인데 나는 네 가지를 다 경험했으니 모진 인생이라 아니할 수 없다.

- 패혈증은 1998년 회사에서 퇴출되고 나서 10개월 뒤에 증상이 나타났다. 뚜렷한 원인은 병원에서도 밝혀지지 않았으나 짐작컨대 퇴사에서 받은 충격과 스트레스가 결정적인 것 같았다. 의식이 혼미하고 중환자실에서 낮인지 밤인지도 모르게 일주일 정도 생사의 갈림길에서 사투(死鬪)하고 있었다. 병문안 온 친구의 눈물 어린 기도로 하나님을 찾은 결과 급속도로 회복되어 3일만에 일반 병실로 옮겨져서 기적같이 회생(回生)하게 되었다.

- 서해부 다분화성 횡문근육종은 2016년 4월에 진단받고 입원하여 5월 18일 11시간 수술 끝에 회복된 병이다. 원인은 역시 알 수는 없으나 10회에 걸친 항암 치료와 25회에 걸친 방사선 치료로 회복된 것이다. 왼편 허벅지 관절 부분 신경 2가닥 중 한 가닥에 암세포가 포도송이처럼 발생하여 선방사선 치료로 그 세력을 줄인 뒤 신경에 붙은 암을 약 20cm 정도 제거한 후 항암치료를 하여 치유케 되었다. 나의 짐작으로 20년 가까이 걷기 운동을 환산해 보니 하루 평균 11,000보 내외로 계산되었다. 너무 무리하게 한 것 같다고 짐작이 될 뿐이었다.

- 고관절 골절은 암 치료를 받고 2년 뒤 불편한 몸으로 지팡이를 짚고 임관 50주년(68년도 임관 ROTC 6기) 기념식을 마치고 귀가 중 지하철역에서 승차를 기다리다가 옮겨 가던 중 기념식에서 받은 선물 보따리에 걸려 넘어진 것이다. 완치된 뒤 골절 부분에 박은 핀 3개는 지금도 박혀 있는 상태다.
- 봉와직염과 화농성 척추염 또한 1개월여 동안 양 어깨를 비롯한 신체 각 부위에 통증과 부종으로 소염 진통제를 처방 받아 복용했으나 백약이 무효였으며 결국 서울 아산병원 응급실에 입원하여 2개월이 넘도록 치료를 받아 겨우 회복되었다.

3) 인생 대차대조표

일반적으로 대차대조표란 특정 기업의 일정 시점에 그 기업이 보유하고 있는 자산상태 및 내역을 일정한 순서에 의하여 나타내는 재산 목록표다. 정확하게 숫자로 나타낼 수가 있다.

그러나 비정형적인 인생의 대차대조표는 작성방법이나 목록을 정하자면 천차만별(千差萬別)로 공식이나 순서도 없음은 물론이다. 우선 자기 자본, 타인 자본을 구분하는 경계선이 애매모호(曖昧模糊)하다. 애매모호한 것을 전재로 나의 방식대로 작성해 보려고 한다. 그러나 정부나 우리나라 전체의 기업보다도 내 방식대로 작성한 나의 인생 대차대조표가 더 중요하다.

나의 장점은 자산이 되고, 단점은 일단은 부채로 분류해야 된다고 생각한다. 객관적인 것은 물론 아니다. 나의 성격을 형성함에 있어 누구나 마찬가지겠지만 아버지와 어머니의 영향은 너무나 컸다. 나의 아버지와 어머니 두 분 다 학교와는 거리가 먼 분이셨다. 두 분 다 청년 시기를 일제 치하에서 보내셨다. 아버지는 청소년 때 일본 사람이 운영하는 가게에서 수년간 고용되셨으며 그때 자력으로 한문을 익히셨고 한문 실력이 상당하셨다. 일본인은 아버지를 테스트하려고 때때로 현금통을 허술하게 관리하기도 하고 계산을 전적으로 맡겨 보는 일도 종종 했다고 하셨다. 모든 면에서 신용을 얻은 경험담을 말씀해 주셨다.

내가 임관하여 경리장교가 되었을 때 되도록 돈을 취급하는 직에는 거리를 두라고 하셨다. 보직 받을 때 아버님 당부도 있고 하여 처음 6개월간은 급여 심사장교를 자청했다. 그 이후 거의 3년 넘게 컴퓨터 수업을 받고 프로그래머로 복무했고, 4년 3개월 근무하는 동안 남들이 원하는 출납공무원은 아예 거리를 두었다. 정직과 공정은 나의 큰 자산이라고 생각한다. 어머니는 7남매의 맏며느리로 들어오셔서 근검과 절약, 그리고 자식들 공부를 뒷받침하기 위해 틈틈이 말하자면 수예와 바느질들을 맡아 하시면서 저축 제일주의로 사셨다. 내가 대학교에 입학했을 때도 입학금은 어머니 주머니에서 나왔다. 그로 인하여 여동생 셋은 중학교와 고등학교 졸업으로 마쳤다. 막내 두 아들 역시 대학교를 졸업하고 나와 같이 ROTC로 임관했다. 그때는 내가 취직해 있었으므로 약간 보탬을 드릴 수 있었다. 따라서 정직과 공정, 절약과 저축, 목표를 세우면 최선을 다해 그 일을 성사시키는 끈기와 노력, 기획력과 일 추진 능력 등은 나의 자산이라고 할 수 있다. 반면 고집과 아집, 한번 신용을 잃은 자에게 주는 기회가 극히 드묾, 남과 사귀는 친화력 부족, 자만심과 과도한 명분주의, 능력 부족한 상사나 부하관리자들과의 불협화 등은 나의 부채란에 올린다.

4) 여생을 흑자로 결산해야지

이상과 같이 장점 못지않게 단점이 너무 많다. 단점을 보완하여 흑자로 인생을 마감해야 할 터인데 일모도원(日暮途遠) 시간은 없고 갈 길은 멀다. 광고 회사를 경영하고 있는 맏아들과 대기업인 전주페이퍼 전무이사인 차남에게서 후손을 보지 못하고 있는 여한과 꺾이지 않는 내 고집 때문에 생기는 마찰도 문제다. 광고모델 관련 스타트업 대표인 딸만이 나를 이해하고 적극적으로 지지하여 열 아들 부럽잖다.

이제는 인생 대차대조표에서 결산할 때가 가까워 오고 최선을 다해 가급적이면 흑자로 생을 마감하고 싶다.

사도행전 30장 35절에서 "주는 것이 받는 것보다 복이 있다(It is more blessed to give than to receive)"는 말씀에 대입하여 위로(慰勞)받는 것보다 위로(慰勞)하는 입장에 서는 편이 많을수록 보람 있고 인간으로서 가치를 더하고 싶다.

라. 경험보다 더 좋은 선생은 없다

나는 늦깎이로 우여곡절 끝에 1972년도 저물어 가는 11월, 동아제약에 공채 19기로 입사했다. 당시는 대기업이라고 할 수 있는 곳은 손꼽을 수 있을 정도이고 상경계 출신인 나는 경쟁이 극심한 은행을 지원했으나 낙방하기 일쑤였다. 어렵사리 입사한 곳이 동아제약이었다. 광고 선전을 보고 듣고 하여 박카스는 귀에 익숙하였으나 박카스라는 브랜드가 동아제약에서 생산, 판매되는 유명 제품인 것도 모르고 입사시험을 치러 합격한 것이다.

교육 첫날 약사 출신 15명과 일반 관리 출신 15명이 동기가 되어 자기소개를 하게 되었다. 내가 제일 연장자였고 가장 막내는 서울법대 출신이고 나와는 무려 8년 차이였다. 그는 우수한 동기였으나 군을 면제 받은 관계로 나와는 나이 차이가 났다. 1972년 11월 29일부터 신입사원 입사 정규교육이 시작되었고 기간은 약 1개월 정도로 기억된다. 회사 현황은 각 부서관리자들을 통해 교육받았고 상견례도 겸했다. 제품 교육은 제약의 기초와 중요한 50여 개 아이템에 대해 의약실과 개발실 약사 출신 간부들을 통해서 받았다. 회장님 방침에 따라 관리부에 배치 받은 사원일지라도 영업을 이해해야 한다는 방침에 따라 전원이 OJT(on the job training)를 위해 신설동에 있는 영업본부에 배치되었다. 나는 서울 종로와 청량리 등 서울

동부 지역과 경기도 동북부를 관할하는 전국 약국 분야에서 가장 큰 매출을 올리는 지역에 배치 받고 일주일간을 훈련받았다. 5~6년 정도 입사 경력의 사원과 주임이 바뀌 가면서 나의 사수가 되었고 나는 그들의 가방을 대신 들어 주면서(일본말로 가방 모찌) 따라다니는 조수가 되었다. 당시만 하더라도 일반적으로 사농공상(士農工商)의 잠재의식으로 장교 출신인 내가 당분간이지만 가방을 들고 세일즈맨의 뒤를 따라다니니 창피한 생각도 들고 혹시 아는 사람을 만날까 봐 주변을 살폈고, 약사가 그렇게 고고한 입장에 있다는 것도 실감했다. 따라서 현장 방문하는 나에게 세일즈 기법과 행태 등 실상을 통해 그들의 장단점이 눈에 들어왔다. 내근하면서 각종 보고서를 쓰고 출장 준비를 하고 시내, 시외 출장비를 지급받고 말하자면 일하러 들로 나가는 것이었다. 출장비는 시내, 시외정액 지급이고 담당 지역에 따라 일률적으로 지급되었다. 약국과 병원에서 받은 각 주일의 훈련이 내가 교육 담당이 되었을 때 세일즈 기법과 약사들의 생리, 병원의 특징을 반영하여 교육프로그램 작성부터 보고서 보는 방법 등까지 그토록 유용하게 쓰일 줄이야 나도 몰랐다. 나는 지금까지 일기 쓰는 습관이 있어서 그 당시도 메모하고 느낌을 적어 두었다. 속속들이 알 수는 없었으나 출장사원들의 행동요령과 약사들의 행태 등 느낌과 소감을 기록해 두었다.

교육을 마치고 나는 군 경력이 감안되어 전산 팀으로 배치받아 홍릉에 있는 KIST로 파견되어 2년 가까이 근무한 어느 날 인사발령이 났다. Payroll 업무로 전산 팀을 자주 방문한 인사주임이 눈여겨봤다고 짐작이 된다. 교육 담당자가 몇 주 전에 퇴사해서 물색 중이었다고 했다. 교육은 영업맨 위주이고 신입사원 교육과 생산부, 초급 관리자 교육은 부정기적으로 시행하고 있었다. 교육에 대한 구체적 내용은 필자의 《898스토리》에 수록되어 있으므로 세부적인 것들은 생략하고 여기서는 주로 영업사원 교육에 대한 이야기를 하고자 한다. 대부분 외부 강사에 의해 시행되었으나 홍미 위주에 더하여 영업원들의 자기 관리와 구체적 행동으로 옮기는 내용을 추가했다. 말하자면 필자가 신입사원 시절 받은 OJT가 크게 도움이 되었다. 영업일지 작성, 거래선의 분류 방법, 사전 방문 계획, 세일즈 토크와 응대 방법을 교육했다. 그런 다음 역할 연기(Role-playing)를 시켰다. 출장원들이 보기에도 스스로 반성하고 기존 방법으로는 안 되겠다는 것을 스스로 깨닫게 되었다고 했다. 이것은 그 후 성공사례 발표 때 공모해 우수발표자에게 시상하고 유인물로 작성하여 교재로 삼았다. 전임자로부터 인계인수도 못 받았으나 교육의 Need와 Want를 파악하는 데 OJT 때 느낀 것이 반영된 것은 물론이다. 소위 말하는 고참(古參) 영업사원들의 주먹구구식 방법과 구태의연(舊態依然)한 행동관리를 바로잡는 데 크게 기여했다고 생각한다.

뿐만 아니라 성적 부진자들의 일관(一貫)되는 핑계는 다음 7개 항목으로 요약할 수 있다.

① 불경기
② 상품 선전력(광고) 부족
③ 경쟁품에 비해 고가
④ 경쟁사에 비해 판매촉진이 약하다.

⑤ 할인율이 낮다.

⑥ 거래선이 약하다(대리점).

⑦ 지역이 취약하다.

중요한 몇 개 항목은 OJT 때 느낀 것이었다.

기타 처음 교육 담당으로 보직받고 병원과 약사들이 회사에 대해 요망 사항을 진솔하게 피력한 내용도 반영시켰다. 예를 들면 제약업계 세일즈 중 제품 실력이 중위그룹에 속하고, 매출액과 규모 면에서 제약업계 제1의 회사 직원으로서 오만한 태도 등을 직접 듣고 교육에 반영한 것은 물론이다. 현장 방문과 OJT 때 느낀 것, 즉 경험보다 더 좋은 선생은 없다고 주장한다.

최근 의지가 강한 장성 출신 선배로부터 받은 귀중한 충고의 글을 소개하련다.

"삶에 대해 절대 후회하지 마라. 좋았다면 멋진 것이고
나빴다면 경험한 것이다."

이 世上에서 가장 賢明한 사람이 누구냐。

모든 사람한데서 배우는 사람이다

이 世上에서 가장 强한 사람이 누구냐。

自己가 自己와 싸와 이긴는 사람이다。

이 世上에서 가장 富裕한 사람이 누구냐。

自己가 가진 것으로 滿足하는 사람이다。

二千二年 仲秋 碧菴
嵯嵯山 棲叟
八十三 文秉烈

41

마. 중단할 수 없는 자기 계발

    회사 다녔던 것도 20년을 훌쩍 넘긴 과거가 되었다. 뒤돌아보면 아득한 옛날이다. 그 오랜 기간을 무료하게 보내지 않고 직장 복귀를 대비하여 준비를 게을리하지 않았다. 그 일환이 교육 담당할 때 익혀 놓은 각종 세미나 참석이다. 정확하게 산출은 못 하나 어림잡아 20여 년간 연 평균 30~50회 정도 각종 세미나에 참석했고 그 이상 되는 해도 있었다고 짐작된다. 요즘은 온라인을 통하여 편리하게 세미나에 참가하여 새로운 지식을 습득할 수 있어서 참 편리하다. 상공회의소를 비롯하여 서울시에 산재해 있는 22개 구 상공회에서 실시하는 인사, 노무, 세무 교육 등 실무를 비롯하여 세계의 경제 환경 변화와 각종 제도는 물론 4차 산업의 도래(到來)에 대비하여 세계에서 살아남기 위한 기업의 글로벌 마인드를 고취(鼓吹)시키는 좋은 내용은 한도 끝도 없다.

    이미 디지털 시대에 살고 있는 요즘은 Chat-GPT(Generative Pretrained Transformer : 미리 학습해서 문장을 생성할 수 있는 인공지능)라고 방대하게 학습된 정보를 바탕으로 마치 인간과 대화하는 착각이 들 정도로 자연스럽게 문답을 할 수 있는 지경까지 이르고 있다. 또한 상공인들이라면 갖추어야 할 경제 지식과 발전하는 세계 경제에 대한 넓이와 깊이, 예상과 대비책 등 우리나라 경제 발전의 원동력이 되는 모든 내용을 포함하고 있다. 신문을 비롯하여 인터넷을 부지런히 조사하면 하고 싶은 자기 계발을 마음껏 할 수 있다. 그것도 회원이 되면 90% 이상 무료로 교육에 참가할 수 있다. 경제기획원, 노동부, 상공부, 문화체육부 등 정부기관을 비롯하여 경제인연합회, 능률협회 등 관계기관이 즐비하다.

2022년 9월 게임 디자이너인 제이스 앨런(Jason Allen)이 미국 콜로라도 주립 박람회에서 인공지능 컴퓨터로 그린 디지털 아트 및 디지털 제작사진 부문에 출품하여 당당히 1등 하는 일이 벌어졌다. 2010년대에 출생한 세대를 알파세대라 칭한다. 그들은 이미 메타버스에서 게임과 상상력을 통한 각종 문화를 즐기고 있다. 사실 시대에 뒤처지지 않고 각종 정보를 소화하려면 용어 익히기도 바쁘다. 자고 일어나면 새로운 개념들이 생겨나고 세미나에 가 보면 반 정도는 모두가 영어로 설명된다. 54년 만에 서울사이버대학에 편입하여 2022년 2월 졸업한 것도 시대에 뒤처지지 않고자 하는 나의 몸부림이다.

군 복무를 마치고 나니 취직하기가 무척 어려웠다. 70년대 초반만 하더라도 우리나라는 기업체 자체가 대부분 규모가 중소기업이고 상경계 출신인 나 같은 경우 은행에 입행하면 주위로부터 축하받을 정도였다. 나는 우여곡절 끝에 당시 제약업계 톱 메이커인 동아제약에 19기 공채로 취직할 수 있었다. 입사해 보니 승진이 빠른 동기생은 벌써 주임이 되어 있기도 하였다.

입사한 지 5년 되었을 때 기획관리 과장 자리에서 떠밀려 남이 꺼리는 영업부 소장으로 보직이 변경되었다. 그나마 위로받은 것은 부장급인 사업소장으로 발령이 난 것이다. 그 후 열심히 하여 뛰어난 실적을 올려 자회사 이사 대우 직급으로 승진했을 때 입사 동기생 중 승진이 늦은 이는 과장대리도 있었다. 임원이 되고 영업총수로 만성적자 기업을 흑자 전환시켰고, 실적도 좋았으나 임원은 임시직원의 준말이라는 말이 있듯이 내부 세력의 암투로 4년간 상장회사 임원직에서 타의로 밀려나게 되었다.

일에 대한 열정을 지울 수가 없어서 앞뒤 가리지 않고 유수한 의류회사 대표이사로 영입되었으나 말로만 듣던 M&A 전문 사기꾼들에게 걸려들어 얼마 못 되어 소위 바지 사장 자리에서 밀려났고 보증을 선 대가로 퇴직금을 포함한 현금과 청빈하게 모았던 전 재산을 압류당하여 다 날려 버리게 되었다. 지금같이 국민연금 받기 전까지 3년 남짓 서울대학교 경영대학 경영연구소 초빙연구임원과 대학교 전임 강사도 했다. 2~3년의 짧은 기간 동안 생계유지를 위해 보험회사에 다닌 적도 있었으나 높은 직급이었고 나이 많은 세일즈맨을 꺼리는 고객들이 많아 그 직도 여의치 않았다.

68년 임관했을 때 소위 봉급이 10,200원으로 기억되는데 수년 내로 병장이 월 100만 원 받는다고 한다, 기업체는 노사 갈등에 영일이 없고, 어떻게 하면 일은 덜하고 보수는 많이 받을지 생각하고, 군을 비롯한 조직사회에 상하의 구분이 모호하며, 인권(?)을 최우선시하는 지금의 작태를 볼 때 반세기 전에 군을 나왔고, 회사에서 충성스런 부하들과 열심을 다해 조직에 충성하던 때가 그립다고 한다면 시대에 뒤떨어진 사고방식의 소유자로 낙인찍히겠지.

25년간 회사 생활하면서 선진국을 포함 약 20여 개국 해외 출장을 갔고 2015년 호주에서 3개월간 넘게 장기 체류하면서 느낀 것은 불편하기 이를 데 없는 외국어 실력의 부족이었다. 귀국 후 이래서는 안 되겠다 싶어 굳은 결심을 하였고, 2016년부터 지금까지 EBS나 JEI를 통해 매일 6시부터 7시까지 영어 학습하는 것으로 나의 하루 일과가 어김없이 시작된다.

코로나 상황이 일상으로 회복되고 이제 팔순맞이 해외여행에 대비해서 외국어 실력을 좀 더 향상시키기 위해 노력하고 있는 중이다. 진도에 맞춰 나가는 것도 쉽지 않고 복습도 없이 듣기 위주로 방송 영어를 들으니 실력 향상이 되는지, 어떤지 가늠할 수는 없으나 영어뉴스나 유명한 외국인 목사님의 영어설교를 들어 보면 몇 구절이 귀에 들어오고 조금씩 이해도가 높아지니 보람이 있다. 해마다 받아 두었던 다이어리 30여 권을 다 채우면서 쓰고 또 썼으나 돌아서면 헷갈리고 잊어버리기 일쑤이니 공부도 할 때 해야지 시기를 놓치면 치르는 대가가 엄청 크다는 것을 피부로 느낀다. 그나마 비즈니스 소통에 별 문제 없었던 일본 말도 30여 년간 쓸 기회가 없었으니 그것도 한다고 말할 수 있는 처지가 못 된다.

바. 멈춰 버린 승승장구

일본 오츠카(大塚) 제약의 한국 담당 책임자인 즈시 야스마사(圖師安当) 부사장과 함께 지방 출장을 마치고 귀사 중 충남 천안시 목천에 있는 독립기념관으로 안내했다.

이곳저곳을 둘러보고 안내판에 쓰인 내용을 간단히 설명도 했다. 고문 장면이 나타났을 때는 그는 고개를 돌리고 보고도 못 본 체하였다.

독립선언서를 구매하여 1매를 증정하고 내가 볼 때 세계적 명문이라는 설명을 덧붙였다. 그리고 거기에 담긴 뜻은 비폭력 자주독립운동으로 세계 평화에 기여하는 운동이라고 설명해 주었다. 그러나 이것이 화근이 될 줄이야 나 자신도 예측하지 못했다. 이사 대우까지는 모사인 동아제약에서 승진시킬 수 있었으나 주총에서 임원 선출은 양사 주주들이 합의해서 선출하는 것이다. 그로 인하여 내가 이사 대우로 승진된 뒤 3년째 되었으나 주주총회의 승인을 받지 못하고 승진에서 누락되었다. 한일합동 정기 주주총회에서 회장이 임원 선출 건으로 나를 상정하고 일본 측의 의사를 물었으나 무반응을 보여 결국 반대의사로 귀결되었다고 사장이 위로 겸 달래는 것이었다.

실적도 좋고 중요 직책을 맡고 있으니 한 번만 더 참으라는 말이었다. 즈시 부사장을 비롯, 일본 측 이사 어느 누구도 찬성하지 않았다고 했다. 독립기념관 건으로 그들에게는 경계인물로 반응이 안 좋은 것은 불문가지였다. 3·1운동을 무력으로 억압하고, 독립군을 무참히 살해하면서 낭인들을 시켜 궁궐을 침입하여 국모를 참혹하게 살해한 소위 을미사변(乙未事變)을 잊을 수가 없다. 안중근 의사가 하얼빈에서 거사할 때 이토 히로부미(伊藤博文)가 명성황후 살해 사건의 배후이며 그것이 제1죄목(罪目)이라고 밝힌 바가 있었다. 특히 자유당 시절 이승만 대통령의 반공, 반일 사상을 철저히 교육받은 우리 세대에게는 그 원한이 뿌리 깊게 자리 잡고 있었던 것이다.

내가 임원으로 발탁되지 못한 것이 공식적으로 밝혀지지는 않았으나 바로 그런 연유로 인하여 승진에 동의를 얻지 못한 것으로 나는 확신이 들었고 회장님이 결국 화장품 회사로 발령을 내는 계기가 되었다.

일본 오츠카(大塚) 제약에서는 기획관리실과 영업본부에 부사장급 전무이사와 상근인원을 배치했다. 또한 관계직원인 과장급으로 실무부서에 근무케 했다. 그들은 매월 열리는 지점장 회의와 주요 영업정책 회의에 빠짐없이 참석하고 그 결과를 일본 본사에 보고하였다. 그들은 이사회나 확대간부 회의가 끝나면 역삼동 르네상스 호텔에 자기들끼리만의 회의를 하여 주요 간부의 발언을 리뷰하고 그 뜻과 배경을 깊이 있게 다루고 있다고 했다.

평상시에 지점장이나 주요 간부들의 발언 내용을 일일이 체크하고 영업본부장인 나에 대해서 숫자까지 메모하여 계획과 실적을 비교, 분석하여 무언의 압력 도구로 사용했다. 나와 특별한 인연이 있는 일본 측 과장이 일본 본사의 동향을 늘 귀띔해 주었다. 그들은 회의 시나 면담 시 발표했던 자료와 예산과 실적 분석을 통해서 정제된 숫자를 가지고 체크하는 것이므로 그들의 생리를 잘 안다면 함부로 이야기해서는 안 된다. 경영자나 고급 간부들은 그런 점을 염두에 두고 이야기해야 신뢰를 얻을 수 있다. 일본 특유의 섬세하게 점검하는 모습은 우리 영업인에게 본보기가 되었다.

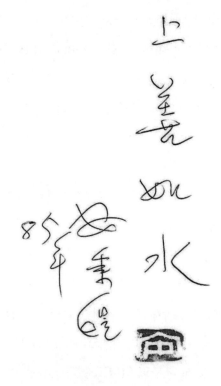

상선여수(上善如水)

: 가장 아름답게 사는 것은 물과 같이 적응하는 삶을 살도록 하자는 것이다.

옮겨 온 글을 소개하고자 한다.[1]

....

1 Jujuann(blog.naver.com/anakjlee)의 블로그 글을 편집해서 옮김

가장 으뜸가는 처세술(處世述)

노자

가장 으뜸가는 처세술은 물의 모양을 본받는 것이다. 강한 사람이 되고자 한다면 물처럼 되어야 한다. 장애물이 없으면 물은 흐른다. 둑이 가로막으면 물은 멎는다. 둑이 터지면 또다시 흐른다.

네모진 그릇에 담으면 네모가 되고, 둥근 그릇에 담으면 둥글게 된다. 그토록 겸양(謙讓)하기 때문에 물은 무엇보다 필요하고 또 무엇보다 강하다.

노자(老子)는 인간 수양의 근본을 물이 가지는 일곱 가지의 수유칠덕(水有七德)에서 찾아야 한다고 했다.

- 낮은 곳을 흐르는 겸손(謙遜)
- 막히면 돌아갈 수 있는 지혜(知慧)
- 구정물도 받아 주는 포용력(包容力)
- 어떤 그릇에나 담기는 융통성(融通性)
- 바위를 뚫는 끈기와 인내(忍耐)
- 장엄한 폭포처럼 투신하는 용기(勇氣)
- 유유히 흘러 바다를 이루는 대의(大義)

2

∷∷∷∷∷∷∷

성취의
날개를 달고

가. 초빙연구임원

1997년 12월 말로 회사를 퇴직하게 되었다.

1998년 5월경 역삼동 사무실에서 스포츠 화장품 개발계획을 구상 중에 있을 때였다.

대한상공회의소 마케팅 담당자들 모임에서 함께 연구하던 친구가 와서 서울대학교 경영대에서 실물경제 대가를 모집 중이니 지원해 보라고 신청양식을 주었다.

내용을 살펴보니 서울대학교 경영대와 경제학부가 경제실무 전문가들에 의한 실물경제 교육을 강화할 목적으로 초빙한다는 것이다. IMF로 인하여 대기업의 부도 같은 대형 사건이 잇따르면서 교수들의 연구와 강의도 이론 중심에서 현장 상황을 접목하는 것을 바람직한 연구방향을 정한 것이었다.

서류로 준비할 것도 많고 절차가 까다로워서 지나치려 했으나 이튿날 이력서와 자기소개서를 작성하여 우편으로 발송했다. 5월 중순경 면접 일자를 통보 받고 응했다. 면접장은 서울대학교 경영대 곽수일 학장실이었다. 학장을 비롯하여 3명의 교수님들의 정중한 인사를 받고 간단하게 자기소개를 요청 받았다. 지금까지 회사 생활을 하면서 겪은 실전영업과 특히 포카리스웨트 브랜드 매니저로서 제품 육성한 내용을 실적을 바탕으로 말씀드렸다. 몇 가지 질문에 비교적 상세하게 설명하고 나오니 거의 20여 분이 소요된 것 같았다. 면식 있는 기업 임원들도 다수 만났으나 면접시간이 대부분 5분 정도 소요된 것에 비하여 너무 오랜 시간 같아서 다소 불안한 마음도 들었다. 7월이 되었어도 연락이 없어 정성스럽게 쓴 서류에 미련이 있어 돌려달라고 사무국에 전화했더니 합격됐으니 빨리 등록절차를 밟으라고 했다. 알고 보니 각 분야에서 쟁쟁한 50여 명의 지원자 중에서 8명이 선발되었고, 내가 그중에 포함되었으니 큰 관문을 통과하게 된 셈이다. 그 학교 출신도 아니고, 학위를 가진 것도 아닌데 오직 도전해 본다는 마음으로 지원한 내가 선발된 것이다. 참으로 운이 좋았다. 등록을 마치고 나니 전공별로 각각 연구실도 배정받게 되었다. 나는 마케팅 연구실에서 박사과정의 논문을 쓰고 있던 분과 함께 근무하게 되었다.

8명의 멤버 중 현업에서 주요 보직을 담당하던 네 분의 임원들은 회사 사정상 바쁜 업무로 부정기적으로 가끔 모였으나 그중 도일규 님(전 육군참모총장), 엄하용 님(전 포철 미국현지법인 사장), 정지태 님(전 상업은행장)과는 주 2회 이상 출근하여 자유롭게 의견을 나누고 친한 사이로 발전되어 갔다. 그해 9월 말경 나는 패혈증으로 사경을 헤매고 있던 관계로 몇 번의 세미나에 참석하지 못했다. 1999년 상반기 중으로 지금까지 연구한 내용으로 발표하라는 연락을 받았다. 세미나 참석 범위는 교수님들과 몇 명의 박사과정에 있는 대학원생들과 초빙연구임원들이었다. 새 학기가 시작되는 시점에서 '판매 없이 기업 없다'는 제목의 연구 과제로 발표를 했다. 학문으로 말한다면 우리나라 최고 수준의 교수들이니 나로서는 할 내용이 별로 없겠으나 실전 마케팅으로 강의를 이어 나가니 그분들에게는 생소한 것들이 많았으리라는 생각이 들었다. 예를 든다면 물건 좋고 가격도 적당하면 판매가 되고, 수금은 당연히 된다고 생각할 수 있다. 현장에서는 그렇지 않은 경우가 허다하다. 경쟁업체들이 많을 뿐만 아니라 각자에게 부여되는 목표는 쉬운 것이 아니며, 이를 달성해야 하는 강박관념 때문에 주도권을 뺏기기도 하여 판매원은 늘 약자가 된다. 진정한 판매란 파는 자와 사는 자가 수평의 관계가 되어야 하는 것이다. 시장에서는 동일한 성분과 유사하거나 비슷한 제품이 넘쳐나기 때문에 경쟁업체로 인하여 판매가 쉽지만은 않다. 만드는 것도 중요하고, 파는 것도 중요하지만 수금하는 것은 더욱 중요한 것이다. 외상 매출금 중에서 약정기간 내에 수금되는 회전일이 슬금슬금 늘어나기 쉽고, 당연히 수금해 줘야 하는데도 매출채권에서 또 일정액의 보상이나 리베이트를 기대하는 경우도 적지 않다. 매출시의 덤이나 매출 할인, 수금할 때 보상이나 리베이트 등 경우에 따라 적용되는 특별 할인이나 인센티브 등은 그 종류가 수없이 많다. 이렇게 하여 대차대조표에는 매출 총액과 수금 총액, 외상 매출금, 언제 회수될지도 모르는 미수금 등으로 나타나는 것이다. 자칫 관리가 소홀하여 매출채권 과다 거래처가 도산이나 부도위험에 처하기라도 하면 담당자는 밤잠을 이루지 못하는 경우 등을 설명하며 기업경영의 어려움을 설명했다.

2시간 정도 발표와 질의응답을 한 뒤 그날 세미나는 종료되었다. 며칠 뒤 사무국에서 발표 자료를 제출해 달라는 연락을 받았다. 최

초 활동기간은 6개월로 되어 있었으나 합의 결과 계약 연장이 허락되었다. 몇 부 작성하여 초빙연구임원 선발 위원회에 제출하였고 임종원 담당교수님의 축하 메시지와 함께《판매 없이 기업 없다》는 책자를 300권을 발행해 주었다. 우리나라 실전 마케팅에 조금이라도 기여한다고 생각하니 나에게는 큰 보람이 되었다.

나. 조직의 활력은 교육훈련을 통해서

교육훈련 담당자를 흔히 조직 변화의 촉진자(Organizational Change Facilitator)라고 한다. 나에게 꼭 맞는 말이라고 나는 지금도 확신하고 있다.

1972년 늦깎이로 입사한 나는 신입사원 교육을 받고 난 뒤 기획관리실 전산반으로 발령받고 홍릉에 있는 KIST로 파견되었다. 1969년 1월 경리 장교 중에서 선발된, 전자계산기 유니백(UNIVAC) 9300을 사용하는 프로그래머(Programmer) 출신인 것을 감안한 것이다. 2년 뒤 정기인사발령에 의해 인사부 사내 교육 담당자로 발탁되었다. 이 업무는 나의 직장 생활 내내 엄청난 영향을 끼쳤던 보직이었다. 25년여 회사 생활뿐만 아니라 지금까지도 나의 사고방식과 생활 패턴을 바꾸는 계기가 될 줄은 나 자신도 몰랐다.

1) 교육훈련 담당자

인사부로 출근하니 내 자리는 사장실 바로 앞에 있었고 비서실을 통해 문을 열면 사장님과 바로 눈이 마주치는 신경 쓰이는 자리였다. 낯선 업무에 전임자가 수일 전에 퇴사해 버려 구체적인 업무 인계도 받지 못했다. 따라서 처음 며칠은 자료와 관계 서류들을 찾아 정리하고 현황 파악하는 것이 고작이었다. 그때만 하더라도 산업훈련이란 생소한 분야였고, 연수원을 가진 곳은 삼성전자와 대한항공 두 회사뿐이었다. 2주 정도 지난 어느 날, 아침 일찍 출근해서 자리에 앉아 있는데 강신호 사장님의 호출이 있었다. 긴장하여 들어가니 담당업무가 뭐냐고 물으셨다. "교육 담당입니다"라고 했더니 "교육 담당이면 교육하겠다는 무슨 계획이나 품의(稟議)가 있어야지, 매일 자리나 지키고 있으면 되겠냐?"고 하시면서 야단치셨다. 사장님은 독일 프라이부르크대학교 내과 박사학위를 가진 의사로서 우리나라에서는 인재 양성과 산업훈련에 유난히 관심이 많으신 몇 안 되는 경영자였다.

혼이 난 나는 그날부터 선진기업들의 교육 방법과 실태를 파악하고자 첫 방문 회사로 대한항공 연수원장 최 모 이사 면담을 요청했다. 며칠 후 약속대로 서울역 앞에 있던 연수원을 찾아가서 떨리는 마음으로 대면하게 되었다. 그분은 역시 생각한 대로 스마트하고, 산업훈련에 대해 깊은 지식을 가진 분이었다. 동아제약 사장님이 교육에 대해 관심도 많으시고, 여러 모임을 통해 잘 알고 있다고 하면서 결국은 사장님 때문에 만나 주었다. 어렵게 자료를 요청했더니 돌아온 대답에 얼굴이 빨개질 정도로 수치심(羞恥心)을 느꼈다. "제약회사에 다니면 잘 알겠지만, 당신은 머리 아프면 의사에게 두통약을 달라고 해야지 배 아픈 데 복용하는 약을 달라고 해서야 되겠소?" 하는 대답이었다. 지당한 말씀이었다. 그러나 나에게는 그 말이 큰 상처가 되었다. 연수원을 나오면서 '두고 보자. 최소한 KAL보다는 더 좋은 연수를 해야지!' 하는 분개심을 가지게 되었다. 방문하려던 계획을 다 취소해 버리고, 원점에서 다시 돌아보게 되고, 며칠을 고민하던 나에게 실낱같은 아이디어가 떠올랐다. KAL 연수원장 말이 나의 뇌리를 스쳤다. '그렇지. 환자를 치료하자면 정확한 진단을 해야 하겠다'고 생각하고 약국, 병원 방문계획을 수립하여 영업부와 협조하여 조사에 나섰다. 설문서를 만들고, 일정을 잡고 하여 수십 곳을 다녔다. 환영하는 곳은 한 곳도 없고 회사와 출장 사원에 대한 불만이 가는 곳마다 쏟아져 나왔다.

박카스를 그렇게 많이 팔아 주고, 선금까지 주며 제품을 사 주는 것이 말이 되는지부터 시작해서, 박카스 현찰거래에 대한 불만 등이 이어졌다. 동아제약 다니는 사람들이 콧대가 높고 타 제약회사보다 마진도 적고, 판촉도 부족하며, 사원들의 제품 실력도 타사보다 뒤떨어진다고 하면서 비난 일색이었다. 루트 세일하는 박카스 출장원은 차에서 내려 주문받아야 하는데도 차 안에서 손가락으로 세 박스냐, 다섯 박스냐 하는 태도가 약사를 함부로 보는 것 같아 기분 나쁘다는 것이다. 며칠 동안 동행한 출장원들도 인사과 방침이니 어쩔 수 없다는 표정이 역력했다. 교육훈련의 필요점과 보완해야 할 목표(needs and wants)가 분명해지는 순간이었다. 루트카에 동승하여 이런 현장을 파악한 것이 소중하였고 내가 방향을 잘 잡았다고 생각했다. 조사된 대로 보고서를 만들어 결재를 올렸더니 며칠 뒤 아침에 또 사장님이 호출하셨다. 작성한 보고서 그대로 솔직하게 가감 없이 말씀드렸다.

영업부와 회사 전체가 난리가 났다. 경영자나 관리자들이 어떻게 했기에 보고도 되지 않고, 이렇게 문제가 많으냐고 하신 사장님의 불호령이 전 사를 발칵 뒤집어 놓게 되었다. 교육 담당 한 사람 때문에 문제가 심각해지게 되었다. 그러나 그 사건을 통해 회사 각 부서들의 고객에 대한 인식을 새롭게 하고 문제점들이 시정되어 회사가 비약적으로 발전하는 계기가 되었다.

이런 문제점을 풀고자 교육훈련 계획서를 작성하여 품의하고 실행했다. 사장님의 지시를 직접 받고 건의함으로써 어느 면에서는 나의 직속상사는 사장님같이 되어 버렸다. 경비를 얼마를 쓰더라도 좋고, 어려운 문제가 있으면 직접 보고하라고 지시하셨다.

'나의 각오'라는 영업부 슬로건을 사장님과 함께 만들었다. 영업본부와 전국지점에서는 '나의 각오'를 외침으로 일과가 시작됐다.

하나, 나는 목표가 있으며 적극적이다.
둘, 나는 부지런하며 끈기가 있다.
셋, 나는 합리적이며 나의 능력을 믿는다.
넷, 나는 성실하며 봉사적이다.
다섯, 나는 회사를 사랑하며 나의 일에 보람을 느낀다.

교육 장소는 회사 강당과 회의실을 사용하였다. 숙박 교육 때는 산정호수 호텔과 영동에 있는 반도 유스호스텔을 주로 이용했다. 상갈 공장 강당과 안양공장 회의실 등도 가끔 사용했다. 담당자도 서울대학교 철학과 출신과 연세대학교 교육과 출신 등 두 명의 사원이 보충되었다.

회사 직원들 사이에 내가 부장급 담당자라고 여기저기서 수군거렸다. 부하 교육 능력이 없는 사람은 관리자 자격이 없다는 사장님 방침이 하달되고, 경영, 관리자들의 자질과 능력 향상을 위하여 과장대리부터 상무이사까지 과제를 주어 부하 교육용 교재를 만들어 사장님께 제출케 하니, 직위가 높을수록 나에 대한 불만도 컸다. 영업부 전원에게 제품 교육을 여러 차례 나누어서 10박 11일 그야말로 집중 훈련을 했다. 수시로 시험을 치고 최종 평가하여 성적 미달자는 재교육을 했다. 훈련에 적응하지 못해 퇴사하는 경우도 발생하게 되니 교육을 거부하는 사태까지 발생했다. 이정곤 인사부장님의 결단으로 주동자 몇 사람의 시말서 징구(徵求)로 불문에 부치는 일도 있었다.

사내 강사로 채워 줄 수 없는 분야는 우리나라에서 최고 수준의 교수님과 전문인들로 구성하여 개인의 성장 발전에 크게 도움이 되도록 프로그램을 진행했다. 몇 년 뒤 국무총리가 되신 서울대학교 이현재, 정원식 교수님 외에도, 김원수, 안병욱, 김형석 교수님을 비롯해 주미 대사를 역임한 함병춘 선생, 변우량, 정창화 국회의원과 매스컴이나 학계에서 저명한 세계 명문대 출신 젊은 교수들을 특강 강사로 초대했다. 또 스피치 분야는 주로 전영우 전 동아방송 아나운서와 세일즈맨십은 권오근(브리태니커의 세계 톱 세일즈맨 출신) 선생에게 의뢰했다. 연구 개발과 학술 분야 종사자들을 사내 강사로 발탁하고 인센티브도 지급했다. 나는 상공회의소나 전경련 등 경제 단체나 학술단체가 시행하는 세미나에 직접 참석하여 좋은 내용이라면 그것을 요약하여 사장님께 품의하고 발표자를 강사로 초빙했다. 유료든 무료든 내가 세미나에 참석하여 받은 수업도 엄청 많았다. 따라서 세일즈맨 교육을 위주로 하여 각 계층과 기능별로 교육 훈련이 강화되었다.

교육을 많이 한다고 산업계에 소문이 나고, 회사 분위기도 상승하니 업종 불문 타사 교육 담당자들도 교육훈련에 대해 상의하거나 문의가 줄을 이었다. 아이러니컬하게도 대한항공 연수과장이 회사를 방문하여 조언을 요청하는 제안이 왔다. 수년 전 받았던 그 수치심을 떠올리며 회심의 미소를 지었다.

2) 교육 담당자로서 누린 혜택

교육 담당으로 근무한 4년여는 나의 회사 생활에 엄청난 변화와 도움을 주었다.

① 직급은 낮았어도 회사 경영진을 비롯한 외부 유명인들을 접촉할 기회가 많았고 업무를 통하여 교제도 넓혀 갔다.
② 나 자신이 사회와 회사 등 전체를 보는 안목이 열리는 것을 피부로 느낄 수 있었다. 평소 회사 생활에 모범적 행동과 하면 된다는 적극적 정신자세(Active Mental Attitude)로 업무에 임하게 되었다.
③ 신입사원은 물론 기존 선후배 사원들과의 유대 강화도 회사 생활에 크게 도움을 주었다.

④ 사외 교육을 받을 기회가 남보다 많았으며, 사내 교육할 때도 별일 없는 한 빠짐없이 참석하였다.

⑤ 급여의 몇 배나 되는 교육비를 인센티브로 받은 셈이다.

1977년 나는 관리자 시험에 합격하여 기회관리과장으로 인사발령이 나고, 그 후 조직 변경을 통해 연수부로 확대, 개편되었다. 개발부장 하시던 분이 연수부장으로 발령 나면서 나를 키워 주고, 그렇게 열과 성을 다하던 정든 부서를 떠나게 되었다.

다. 사내 교육을 적극적으로 도와주신 유명 강사님

강신호 회장님이 한국마케팅협회 회장으로 추대되었다. 어느 날 회장실로 나를 부르시더니 마케팅 강사로 숭실대학교 C 교수를 추천하시면서 마케팅 부서 교육 시 초대해서 강의를 듣자고 하셨다. 고급 간부 훈련 시에 강의를 부탁하고 초대해서 강사로 모셨다. 강사료는 책정된 교육규정에 의해 A급 대우를 했고, 교육이 끝나는 동시에 영수증을 받고 지급하였다.

교육이 끝남과 동시에 피교육자들의 평가와 성적 등 결과 등 강사의 선호도 등을 첨부하여 종합 보고서를 작성하여 회장님께 올려서 결재를 받았다. 그 후 며칠 뒤 회장실에서 인사부장님과 교육 담당자를 회장실로 호출하셨다. 회장님이 협회에서 C 교수를 만나서 우리 회사의 교육에 대해 의견을 나누시던 중에 강사료가 미흡하다는 평을 들으신 것으로 짐작되었다. 회장님은 내가 언제 교육비를 아끼라고 하더냐 하시면서 C 교수에 대해 재정산을 하라는 지시를 받았다. 지금까지 전혀 없던 문제가 발생한 것이다. 우리 회사 강사료가 국내 최상위는 아니었으나 그런 대로 상위그룹에 속했다. 담당자로서 규정은 지켜야 되겠고 하여 부장님과 상의 결과 원고료를 별도로 계산하여 드리는 걸로 수습하였다. 말하자면 그 교수님은 특급 대우를 받고 싶으신 것 같았다.

담당자로서 고민이 생겼다. 장고(長考) 끝에 새롭게 마케팅 교수를 발굴해야 되겠다는 결론을 내렸다. 그리고 학회나 별도 세미나에 참석하여 신선하면서 젊은 유능한 교수를 발굴하게 되었다. S대 Y 교수를 만나게 되었다. 그분은 하버드대학교에서 학위를 받은 패기의 젊은 교수였다. 사내 간부교육을 위해 그분을 초청했다. 강신호 회장님도 관심이 있으셔서 Y 교수의 강의를 3시간 정도 들으시고 아주 만족해하셨다. 따라서 전임(專任) 마케팅 교수를 자연스럽게 발굴하는 계기가 되었다.

동아제약 사외강사는 업계의 주목을 받게 되었다. 여러 면에서 국내 최고의 강사로 평가 받은 우리나라 철학계의 태두(泰斗)이신 이당(怡堂) 안병욱(安秉煜) 교수님의 인생론과 도산사상,《교양인의 대화술과 에티켓(e'tiquette)》의 저자이신 동아방송 아나운서 실장 전영우 선생, 적극적(PMA : Positive Mental Attitude) 사고방식으로 선풍적 인기를 얻고 있던 Sales Trainer 권오근 선생, 영화 '집념의 마나슬루'의 주인공인 산악인 김정섭 대장 등은 교육 많기로 소문난 많은 동아제약의 강사님들 중에서 비교적 자주 강사로 모신 분들이었다. 수십 년간 업계의 선도 역할을 하도록 기여하신 분들이기에 지금도 잊을 수 없는 분들이고 담당자로서 늘 감사드리고 있다.

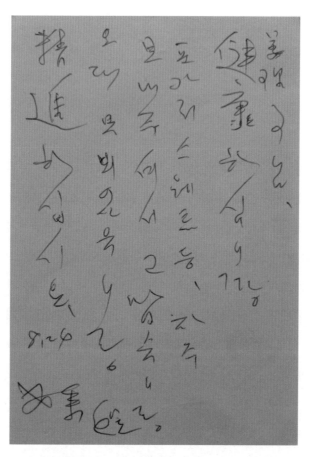

고 안병욱 교수님이 필자에게 보낸 안부엽서.
"강 이사님, 건강하십니까? 포카리스웨트 등 자주 보내 주셔서 고맙습니다.
오래 못 뵈었습니다. 정진하십시오. 8.24 안병욱."

라. 서부 사업소

2022년 12월 16일 우성회 송년의 날이었다. 내가 갖고 간 옛날 서부 사업소 멤버 11명의 사진이 화제가 되었다. 그 사진은 서부 사업소가 전국에서 최우수 실적을 올리고 난 뒤 그때(지금으로부터 약 40년 전) 기념으로 찍은 사진이다. 우리는 열악한 사업소의 불리함을 극복하고 똘똘 뭉친 단결로 일약 1위의 사업소가 된 것이다. 그 결과로 현재 우성회(동아 소시오 그룹 임원 출신 모임) 멤버 70여 명 중 내가 서부 사업소 소장을 하던 당시의 11명의 세일즈 출신 중 임원으로 발탁된 사람이 4명이나 된 것이다. 조그만 사업소 출신으로 엄청난 것이다. 요즘 시간도 있고 하여 20여 권의 앨범을 정리하고 있는 중이다.

80년대 초반으로 기억된다. 당시 동아제약 영업부는 지점 중심의 조직체계인 것을 시대 흐름에 맞추어 재경수도권의 지점체계를 8개 사업소로 분할하여 현장 중심의 영업체계를 강화하는 조직 개편을 단행하였다. 내가 기획관리 과장에서 서부지점 영업2과장으로 발령 나고 2개월 후의 일이었다. 서울 지역을 담당하는 사업소장은 영업에 관록 있는 고참 과장이나 차장에서 선발하여 발령이 났다. 나의 직급은 대리였으나 기획과장 출신임을 감안하여 예우를 해 준 것이다. 서부 사업소는 서울 마포구, 은평구와 당시 도시개발이 되지 않던 일산, 파주 지역으로 8개 사업소 중 가장 열악한 지역이었다. 자고 나면 큰 빌딩이 생겨나고 개발 붐이 한창인 강남, 수원, 인천에 비하면 대형약국도 극소수이고 따라서 매출 성적은 항상 하위에 랭크됐다. 게다가 영업의 실전경험이 겨우 2개월인 내가 과장에서 소장으로 발령 받은 것이다. 세일즈 트레이닝을 하면서 안 되면 되게 하라고 교육 담당자로서 주장하던 나로서는 불평, 불만을 할 수도 없는 처지가 돼 버린 것이다.

다행하게도 내가 인사와 교육 담당을 하면서 개성을 어느 정도 파악하고 있어서 부하 관리에 별 어려움이 없었다. 관리부 출신이 영업부로 가면 아무리 관리자라 하더라도 현장 경험 없는 자가 영업 관리를 한다고 무시하는 것이 당연시되던 시절이다.

내심 걱정도 되었으나 팀워크와 개성과 기질을 살리는 리더십은 나의 큰 자산이라고 스스로 자부했던 터라 과감하게 최고의 영업소로 만들겠다는 결심을 하지 않을 수 없었다. 교육 담당하던 시절 나의 지도하에 신입사원 교육을 받은 인원이 10명 중 6명이고 나머지 4명도 피교육자가 되어 나와 소통하는 데 지장이 없었다. 나의 포부를 조직원들에게 솔직하게 털어놓고 동의를 구했다. 목표는 첫째, 사업소 중 1위를 제시했다. 둘째, 품목마다 걸려 있는 인센티브는 꼭 확보하고 매월 최우수 부서에 지급되는 상금도 수령하자. 셋째, 사업소에 지급되는 상금과 인센티브는 정직하기로 소문난 고참 사원을 재무 관리자로 정하여 그가 관리하도록 책임과 권한을 위임했다. 일선 영업은 실적이 좋은 선임 주임에게 모든 전략을 맡겼다. 넷째, 이 상금과 인센티브는 모아서 전국을 투어하는 데 사용키로 했다.

이것은 동기부여의 촉진제가 되어 그대로 성과가 나기 시작했다.

소장인 나는 모든 조직원인 부하들의 어려움과 문제해결을 위해 동반 출장하고, 개인적으로는 전 거래처를 ABC로 분류하여 A급 주 1회, B급은 2주 1회, C급은 월 1회로 정하고 빠짐없이 방문하는 계획을 세워 실천했다. 지역 약국을 단시간에 파악한 결과 어떤 곳은 담당 출장원보다 더 실상을 더 잘 알게 되었다. 그런데 세일즈맨들은 회사를 출발해 버리면 공중에 총을 쏘고 총알 찾는 거와 같이 파악이 안 되었다. (요즘같이 모바일 시대가 아니니까) 절대 내색하지 않고 다음과 같은 방침을 정하고 실천에 옮기게 했다. ① 조기출장 조기귀사 ② 거래처를 ABC 분류해서 방문 횟수 늘리기 ③ 매출은 금액이 아닌 품목별 수량관리 ④ 타사보다 먼저 수금 날짜 약속하기 ⑤ 매출에 따라 지급되는 판촉지원금 필히 획득 등 어렵지만 굳은 결의를 매일 확인하고 영업에 임했다. 시상금과 판촉 지원비(매출액의 1~1.5%)는 꼼꼼하고 숫자에 밝은 고참 사원에게 맡기고 소장도 일체 간섭하지 않는 조건이었다. 그 시상금은 그 당시 유행하던 전국 명승지를 유람하는 데 썼다. 그 결과 수회에 거쳐 때로는 가족을 동반하여 유명 관광지를 여행하는 보람을 맛보기도 하였다.

이런 결과로 실적이 뛰어난 네 분은 후에 본사와 가족회사의 임원으로 동아 소시오 그룹의 인적 자산이 되어 큰 역할을 하신 분들이다. 본인의 이러한 경험은 동아 오츠카에서 포카리스웨트 PMM(Product Marketing Manager)이 되어 이온음료를 도입, 마케팅 정책을 수립하여 좋은 실적을 올리는 계기가 되었다. 그 후 상장회사인 라피네 화장품 영업총수로서도 영업방침과 숫자에 의한 영업

관리를 하게 된 기틀을 마련했고, 유통경로를 대대적으로 개편하였으며, 우수 실적자들에게는 해외연수를 시상으로 보상하여 사기를 앙양시켰다. (상세 내용은 필자의 자서전 《898스토리》에 수록되어 있다) 결과적으로 빈약하던 지역이 8개 사업소가 경쟁하던 첫 달부터 1위를 달성했고 내가 출장원들과 약속했던 모든 것을 실천에 옮겼다. 일등상을 받고 우리 사업소 멤버들이 기념사진을 사진관에 가서 찍고 오늘날까지도 각자가 간직하고 있는 것이다. 약속대로 우리 11명은 당시 관광버스를 대절하여 강릉으로 가족 동반 여행을 비롯하여 남해, 속리산, 동학사, 마이산. 진해 벚꽃놀이 등 유명 관광지는 물론이고 적당한 일요일을 택해서 내가 교육을 담당할 때 인연을 맺은 마나슬루 원정대가 진행하던 오리엔티어링 훈련에 전원 참가하여 서오릉을 비롯하여 레저(Leasure) 코스를 즐기면서 목표 달성을 하여 단체상을 수상하기도 했다.

중소 규모의 사업소 멤버 11명 중 동아제약 및 관계회사 임원이 4명이나 탄생한 사업소 소장으로서 지금도 가슴 뿌듯하게 자부심을 갖고 있다. (임원이 된 사람은 이기훈, 조진환, 한중균 씨와 필자)

동아제약 서부 사업소 소장으로 현장 중심으로 영업맨들과 고락을 함께했다. 또한 영업 최전선에서 소비자들을 만났고 그분들의 필요와 욕구(Need and Want)를 직접 파악함으로써 실무와 마케팅을 겸비한 영업총수로 평가 받은 것에 지금도 자부심을 갖고 있다.

마. 집념으로 이루어 낸 기내 납품

1) 탐색작전과 현장조사

1990년경 초로 기억된다. 포카리스웨트를 대한항공의 기내식으로 납품하는 목표를 세웠다. 메이커라면 누구나 자기 상품을 국적기에 싣는다는 것은 상품의 이미지를 높이는 것은 물론이다. 국적기는 종류를 불문하고 세계적 메이커들이 서로 경쟁하고 있는 곳이다. 따라서 연줄을 찾아보고 여러 방법을 동원해 보려고 노력했으나 어림도 없었다.

기내식 납품(catering provider)을 담당하는 J 상무는 이쑤시개부터 비행기까지 구매하는 사람이라고 했다. 궁리 끝에 회장의 친한 지인(知人) 중 유명 방송사의 중요 간부인 H 씨의 이름을 대고 인사드리고 싶다고 전화했다. 방문 일자를 정하고 당일 김포공항 사무실에 도착하니 여비서가 정중하게 맞이했다.

당시만 해도 대기업 총수나 임원 등 해외 출장이 잦은 최고 경영자나 회사의 주요 임원들은 VIP로 특별대우를 받고 있었다. J 상무를 만나서 간단한 인사를 한 뒤 이야기가 무르익어 갈 쯤 해서 어렵게 제품 이야기를 꺼냈다. J 상무의 대답은 그야말로 뒤통수를 얻어맞는 듯했다. 내 방은 잡상인 출입 금지하는 곳이라는 뜻밖의 대답이 돌아온 것이다.

사무실에는 부장들로 보이는 셋과 동행한 우리 회사 담당소장들이 담소를 나누고 있었다. 그날 이후 받은 보고에 의하면 부장 셋이 J 상무로부터 크게 질책 당했다고 했다. 그러나 납품이라는 대명제 앞에 물러설 수는 없는 목표가 되었다.

담당지역 소장과 관리자들뿐만 아니라 구역 담당 세일즈 등 총동원령을 내리고 부장들의 자택 소재지를 파악하고 열과 성을 다하여 방문과 더불어 가족들과의 유대 강화에 소홀함이 없도록 지시했다. 매주 방문결과를 보고 받고 정성과 성심을 다해 친분을 쌓아 나갔다.

2) 회사 차원의 대책

동아 소시오 가족회사와 일본 오츠카 제약그룹과 대책 수립, 제약본사에 계획을 보고했다. 당시 세계에서 가장 붐비는 황금 노선이라고 하는 김포와 나리타 공항노선을 집중 이용하여 해외 출장하는 가족회사의 임직원들은 누구를 막론하고 기내 승무원(Attendant)을 보면 포카리스웨트를 요청토록 협조 당부하게 했다. 결과적으로 상부에 보고하게 되는 점을 간파한 것이다.

3) 납품에 성공하다

그러한 공을 들인 결과 시음용 제품 구매의사를 대한항공으로부터 전달받았다. 몇 주 후 일본 출장 다녀온 사람들로부터 포카리스웨트 서비스를 받았다는 보고를 접했다. 담당 영업소와 담당자들에게 소식을 전하니 사기가 충천하게 되었다.

얼마의 기간이 경과한 뒤 납품에 응찰하라는 연락이 왔다. 우리는 당시 단순히 누구나 마시는 탄산음료 분위기에서 이온음료라는 새로운 가치를 강조한 터여서 셀링 포인트를 가치에 중점을 두었다. 따라서 응찰가를 회사 가격정책에 맞추어 제출했다. 되도록 저가(低價) 응찰하는 게 상식이었으나 처음부터 가격 경쟁은 하지 않기로 했다. 우리는 그것이 가치 차별화라는 논리를 붙여 강조해 왔다.

결과는 우리 제품이 선택되는 감격을 누리게 되었다. 비록 다량의 매출은 아니지만 우리의 국적기에 우리 회사 생산 상품이 비치되어 있는 것은 회사 이미지를 높이는 데 크게 기여했다고 본다.

1997년 IMF 외환위기로 항공사의 경비 절감 차원에서 무게가 많이 나가는 음료 등이 제외될 때까지 납품은 지속되었다.

바. 원칙을 지키는 리더

내가 교육훈련 담당으로 근무할 때였다. 교육의 한 과정으로 극기 훈련 과정을 개발하여 적용하던 때 일을 소개하고자 한다. 영업부 산하 500여 명의 세일즈 전원을 몇 개로 나누어 실시하던 때의 일이다.

기억에 남는 교육을 예로 들겠다. '집념의 마나슬루'란 영화로 도전 정신을 일깨운 김정섭 원정대장과 그 원정팀에 극기 훈련을 의뢰하여 영업사원 전원에게 실시한 것이다. 강의와 영화를 통해 감동과 도전정신을 자극한 뒤 군 생활에서 받은 경험이 있는 유격 훈련 즉 올빼미 체조로 1시간 정도 기력을 소진시켰다. 산정호수 산야에 어둠이 짙게 깔리면 10명 1조로 앞뒤 요원에 한해 랜턴 둘과 포스트가 그려진 지도 한 장만 지급하여 시차를 두고 출발시켰다. 중간중간에는 원정대 요원들이 나무 위에서 갑자기 나타나고, 과제를 확인하는 등 담력을 키웠다. 코스는 직경 4km로서 산정호수 산과 얼음이 언 골짜기에서 물고기를 잡아 오는 등 군사훈련 못지않았다. 70년대 중반의 일이었다. 밤길에 부상자가 속출해도 강화된 팀워크와 정신력으로 극복했다. 1회 교육 약 100여 명씩 총 5회를 실시할 동안 한 사람의 낙오자도 없었다. 인간의 정신력과 의지는 참으로 대단하다는 것을 체험했고, 피교육자들도 보람을 느낀다는 긍정적 반응이 나왔다. 훈련 담당자로서 위험을 감수한 결과였고 나 또한 매우 뿌듯했다.

피교육자들의 취침시간이 한참 지난 깊은 밤에 갑자기 산정호수 극기 훈련장에 회장님이 오신다는 연락을 받고 훈련본부는 대기 상태에 들어갔다. 진행 팀과 영업 담당 이사와 부장 등 관리자들이 정중하게 회장님을 맞이했다.

회사 분위기는 그 어느 때보다도 극기 훈련에 기대와 관심이 높았다. 회장님께 간단히 진행상황을 보고 후 교육 분위기와 교육 목표대로 사기가 충천했다는 브리핑이 있었다. 영업 담당 이사는 철저히 교육받고 정신무장을 새롭게 하는 내 부하들이 이렇게 귀한 생각이 드는 것이 처음이라 하며 눈물을 글썽였다.

위험한 과정이니 끝까지 안전하게 교육을 끝마치도록 하라는 격려와 함께 준비해 오신 양주와 약간의 간식으로 회장님의 위로와 격려가 있었다.

잔이 오가고 했으나 교육훈련 담당인 나는 회장님의 권고에도 마시지 않았다. 제일 수고를 많이 한다는 말씀과 함께 담당자인 나에게 술잔을 몇 번 권유하셨으나 담당자인 만큼 책임자로서 마실 수 없다고 하자 인정해 주시는 눈치였다. 훈련 담당자가 교육진행을 철저히 이행한다는 점을 확인시켜 드린 셈이었다.

분위기에 휩쓸리다 보면 시험에 들게 되는 위기의 순간이 될지도 모른다. 이런 것들이 쌓여서 상사가 더 중요한 일을 믿고 맡기는 신뢰를 받을 수 있다고 생각한다.

사. 한 마디 칭찬

1988년은 우리나라 역사에 길이 남을 해다. 88올림픽이 서울에서 열렸기 때문이다, 88올림픽은 역대 최다 국가가 참여하여 성대히 치른 세계 최대의 스포츠 행사였고, 모든 면에서 세계 최고라는 수식어를 붙이는 데 손색이 없는 행사였다.

나는 1987년 5월에 출시한 포카리스웨트(POCARI SWEAT) 담당 초대 브랜드 매니저(Brand Manager)로 지명 받았다. 맘껏 일할 수 있는 중요한 직책이었다. 회사에서는 그 당시 세계 최대 광고회사인 댄츠(電通)의 기타니(木谷) 고문을 통해 연간 수회에 걸쳐 마케팅 교육을 실시했다. 일본 제품으로 1986년 서울에서 개최된 아시아 경기대회부터 면밀하게 계획을 세워 대량 시음을 하여 새로운 맛에 익숙해지도록 하였으며 유명선수들이 선호하는 음료로 부각시킴으로써 이미지를 높이는 등 노하우를 쌓았다. 88올림픽을 대비해 철저한 판매 촉진 계획과 각종 이벤트를 통해 경험도 축적했다. 판촉을 위해서는 특수종이로 만든 점퍼, 컵, 스퀴즈 보틀 등으로 엄청난 선전 효과를 거두었다. 또 제품 이미지에 맞는 아르바이트생을 고용하여 이 온음료를 맛보게 하는 기회를 제공하는 등 철저하게 준비하여 원도한도 없이 맘껏 일하는 행운을 갖게 되었다.

올림픽이 열리기 전부터 우리는 올림픽공원 수영장 뒤편에 있는 건물을 임차하여 부스를 차려 놓고 일반인은 물론 스포츠 엘리트를 상대로 대량 샘플링과 판촉물 등을 무료로 지급했다. 올림픽이 열린 기간 동안 70여 개국 선수 및 관계자와 관람객들이 우리 부스를 방문한 성과를 올렸다. 국내의 태릉선수촌과 각종 스포츠 단체에는 인기 있는 대형 포카리스웨트 수건(Towel)을 아낌없이 공급했다. 우리나라와 일본 선수들이 출전하는 경기에는 각 방송국이 경쟁적으로 중계하였으며, 그때마다 우리 로고가 새겨진 수건은 어김없이 노출되었다. 올림픽이 끝나고 일본 오츠카 제약과 함께 광고 전문가의 분석에 따르면 TV 노출과 선전을 금액으로 환산하면 약 30억 내지 40억의 효과가 있었다고 보고되었다. 30년 전의 그 금액은 엄청난 액수였다.

이런 엄청난 국가행사를 치르고 난 뒤, 우리 사회에 불어닥친 노사 분규와 계층 간 갈등은 유례가 없을 정도로 심각한 형국이었다. 1988년 올림픽의 감격이 다 식기도 전인 1989년 각사는 노조의 파업과 노사갈등으로 영일이 없었고, 올림픽을 성공적으로 치른 국가의 자부심은 순식간에 잊히었다. 신문 보도는 연일 노사 분규로 도배되었으며 어떤 회사는 대표이사를 드럼통에 넣어 굴리고, 경영자를 협박까지 하는 기사도 보도되었다. 일부 노조는 목적 달성을 위해 수단과 방법을 가리지 않는다는 보도가 연일 신문 지면을 메우고 있었다. 우리 회사도 예외는 될 수 없었다.

생산부 노조는 내가 관장하는 영업부 직원들을 노조에 가입시키고 임금 인상과 근무환경 개선 등 요구 조건을 무리하게 제시했다. 업무를 거부하고, 회사 정원과 로비에서 연좌하면서 시간마다 구호를 외치고 노래를 부르면서 실력행사를 했다. 창사 이래 가장 큰 위기를 맞게 되었다. 모든 기계는 가동을 멈추었고, 재고는 바닥나 버렸다. 우리 영업부에서는 생산부 관리자 중심으로 생산을 종용했으나 노조원들이 가진 각종 면허가 없으면 생산 자체가 불법이라고 했다. 속수무책이었다. 결정적 시기에 출근하니 거래처로부터 제품 공급 끊어진 데 대한 항의가 빗발쳤다. 오란씨 루트카를 서울 시내에서 볼 수 없다고 했다. 확인해 보니 각 지점에는 관리자만 자리를 지키고 있고 영업사원은 어디로 갔는지 파악이 되지 않았다.

모든 관리자가 전 기동력을 동원하여 샅샅이 뒤진 결과 양재동 교육문화 회관 교량 밑에 수많은 차량이 주차하고 있다는 제보를 접하게 되었다. 몇몇 관리자들과 함께 가 보니 서울·경기 지방 영업 차량이 질서정연하게 주차해 있었고, 사원들은 돌아가면서 회사를 성토하는 발언들을 하고 있었다. 나는 타고 간 승용차를 입구에 세워 놓고 차량이 빠져나가지 못하게 조처를 한 뒤, 관리자들을 시켜 차에 꽂혀 있는 자동차 키를 전부 회수했다. 그리고 몇 시간을 대화한 끝에 거래처의 항의와 거래 단절을 통보해 오는 등 위기상황을 털어놓고 기탄없는 의견 교환을 했다. 영업사원들도 노조의 투쟁에 부화뇌동하고 있었다. 나와 동행한 관리자들과 함께 오피니언 리더들을 따로 분리하여 현장에서 담판을 하게 되었다. 그들의 불만에 영업부장직을 걸고 해결해 주겠다는 약속을 했다. 우리들이 그렇게 애쓰며 개척해 놓은 거래처를 하루아침에 타 경쟁사에 빼앗길 수 있겠느냐며 감성에 호소하기도 했다. 또다시 개척하려면 몇 배의 힘이 든다는 것을 자신들이 더 잘 알고 있었다.

조장급 사원과 주임들의 주도로 몇 시간 만에 회사를 살리는 구사대(求社隊)를 결성하게 되는 기적이 일어나게 되었다. 회사에 연락해 보니 전 생산부 직원들이 한 마디 말도 하지 않고, 회사 로비에서 연좌하며 결정적 시기를 대비하고 있다고 했다. 나중에 안 일이지만 영업부 직원들과 합류를 기다리고 있었다는 것이다. 그 연좌시위 앞에 구사대가 되어 나타난 영업 주임들이 나가서 생산해 줄 것을 공개적으로 요청하였다. 혼란에 빠진 노조원들이 사태가 심상치 않음을 눈치채고, 공장으로 모두 철수했다. 공장 문을 모두 걸어 잠그고 노래와 구호를 외치고 있었다. 구사대원들이 쇠 파이프로 철문을 두들기고, 30분의 시간을 줄 테니 해산해 주기를 요구했다. 전 영업사원의 노래와 구호는 노조원들을 압도했다. 그래도 공장 안에서는 아무 반응이 없었다. 또다시 30분의 시간을 준다고 통보하고, 그래도 해산하지 않으면 강제 해산시키겠다는 최후통첩을 했다. 결국 잠긴 열쇠를 쇠망치로 부순 뒤 구사대가 진입에 성공했고, 노조원들은 그 위세에 눌려 해산하고 말았다. 모든 사태가 일순간에 수습되었다.

　사장실에는 전 임원들이 긴장하여 기다리고 있었다. 자초지종을 보고하니 사장님이 내 손을 붙잡고 강 부장이 회사를 살리는 데 너무나 큰 공을 세웠다고 하면서 악수하는데 그 손이 크게 떨리고 있었다. 회사를 살려 냈다는 그 말 한 마디가 내가 들은 잊을 수 없는 감격스러운 칭찬이 되었다.

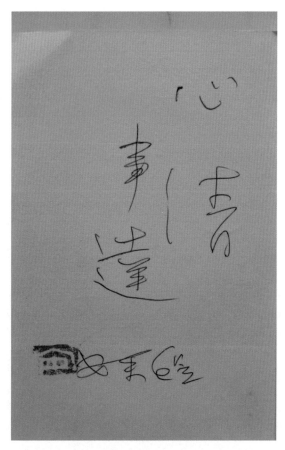

심청사달(心淸事達)

: 《명심보감》에 나오는 사자성어로,

마음이 깨끗해야 모든 일이 잘 이루어진다는 의미다.

"공로가 있어도 자랑하지 않고 공적이 있어도 자기의 덕으로 여기지 않으니

후덕함이 지극하도다." 이는 도덕 사회의 인격체로서 전형적인 표본 같다고

하겠다. 학식과 덕목이 높은 사람은 겸손함에 의해 완성된다는 이야기다.

3

::::::::::::::

감동을 주는
사람들

가. 감동을 주는 위인들

1) 국가 천년대계의 안목을 가진 요하난 벤 쟈카이

요하난 벤 쟈카이(Yohanan ben Zakkai)는 탈무드에 소개된 랍비이며 학자이다. 그는 서기 66년부터 70년까지의 '제1차 유대-로마 전쟁' 당시 예루살렘에 살고 있었다. 이 전쟁에서의 패배로 유대는 예루살렘이 함락되고, 성전(聖殿)이 불태워지고, 결국 국가를 잃어버리고, 민족이 뿔뿔이 흩어져 '디아스포라'(그리스어, 흩뿌리거나 퍼트리는 것) 생활이 시작된다.

로마 황제 네로는 로마제국 최고의 명장인 베스파시아누스 장군에게 최정예 3개 군단과 다수의 외인부대를 주면서 유대를 정복하라고 명령했다. 그는 유다왕국 대부분을 점령했지만 유대 열심당 정예군들의 완강한 저항 때문에 예루살렘만은 함락할 수 없었다. 베스파시아누스는 예루살렘 도성을 포위하고 주민들이 굶주려 항복하기를 기다렸다.

바리새파였던 랍비 요하난 벤 쟈카이는 상황 판단과 통찰력이 뛰어난 학자로 유대-로마 전쟁이 결국에는 대학살로 막을 내리고 유대인들은 뿔뿔이 흩어지고 말 것임을 예견했다. 그는 유대 민족이 역사의 무대에서 사라지는 것을 막기 위해 그 자신이 직접 로마군 사령관과 모종의 타협을 해야겠다고 생각했다. 당시 포위되어 있던 예루살렘은 아비규환이었고, 사람들은 굶주림과 질병으로 하루에도 수천 명씩 죽었으나 아무도 예루살렘을 떠날 수 없었다.

제자들은 길거리로 나가 옷을 찢으며 슬픈 목소리로 위대한 랍비 요하난이 흑사병에 걸려 죽었다고 울부짖었다. 그들은 열심당원들에게 존경하는 랍비의 시체를 도심 외곽에 매장하여 도시에 전염병인 흑사병이 돌지 않게 해 달라고 청하여 허락을 얻어냈다. 결국 제자들은 랍비가 든 봉인된 관을 메고 예루살렘을 빠져나와 로마군 사령관 베스파시아누스 장군 막사에 도착할 수 있었다.

요하난 벤 쟈카이는 장군을 만나 머지않아 그가 황제가 될 것이라고 예언한 뒤, 황제가 되면 자신들이 예루살렘 근처에서 유대 경전을 공부할 수 있는 조그만 학교를 허락해 달라고 요청했다. 베스파시아누스는 자기가 황제가 될 것이라는 예언에 놀랐지만 예언이 이루어지면 호의를 베풀기로 약속했다.

이후 유대 원정군 사령관 베스파시아누스가 군대에 의해 새로운 황제로 추대되었고 서기 69년 로마 원로원이 그의 즉위를 허락했다. 베스파시아누스는 랍비의 예언이 이뤄진 데에 대하여 놀라지 않을 수 없었다. 랍비는 당시 로마의 정치적 역학관계를 꿰뚫어 보고 있었던 것이다. 황제에 즉위한 베스파시아누스는 후임사령관인 아들 '티투스'에게 약속을 지키도록 명령했다. 파멸된 예루살렘에서 가까운 도시에 유대학교 '예시바'를 세우도록 허락한 것이다. 이로써 유대 교육과 문화유산이 소멸의 위기에서 살아남을 수 있게 된 것이다.

유대인 역사가 요세푸스에 따르면 예루살렘 공방전 당시 성 안에 어림잡아 270만 명에 달하는 유대인이 있었는데, 포로로 잡힌 유대인 수는 9만 7천 명이었고, 예루살렘 공방전 과정에서 사망한 유대인은 무려 110만 명이었다고 한다. 제1차 로마-유대 전쟁으로 인해 유대 민족 태반이 전멸했다. 독립전쟁이 실패로 끝나자 전쟁을 주도한 열심당과 자객당, 상급제사장, 대지주, 귀족 중심의 사두개파, 쿰란 수도원 중심의 에세네파가 모두 소멸되고 오직 바리새파만 살아남았다. 이제 유대교는 사두개파의 소멸로 예배를 이끌 제사장 곧 사제가 없어진 것이다. 이후 유대교는 사제 없이 평신도들이 지키는 종교가 되어 평신도 모두가 성경을 읽고 돌아가면서 강론을 하기 위해 글을 익혀야 했고 이후 유대 공동체는 공부를 많이 한 학자인 랍비가 이끄는 전통이 세워졌다.

요하난 벤 쟈카이는 바리새파를 이끌고 텔아비브 남동쪽 약 20킬로미터 지점에 위치한 야브네로 갔다. 거기서 율법 중심의 유대교를 재건하고 율법학교를 개설했다. 《토라》를 가르쳐 매년 소수의 랍비를 길러 내어 유럽 각지로 흩어진 유대인 마을에 보냈다. 그들은 거기서 회당(시나고그 : Synagogue)을 세우고 유대인들에게 《토라》와 《탈무드》를 가르쳤다. 이것이 전쟁으로 패망한 유대인들의 생존에 중심적인 역할을 하게 되었다.

유대인에게 교육은 곧 신앙이다. 요하난 벤 쟈카이는 나라는 비록 망해서 없어졌지만 예시바를 통해 유대교와 전통이 전승되기만 한다면 유대 민족은 역사에서 살아남을 수 있다고 생각한 것이다. 민족을 살려 낼 교육을 절망적인 상황에서도 기적처럼 지켜 낸 것이다.

유대인들은 능력껏 돈을 벌어 필요에 따라 나누어 썼다. 돈은 자본주의의 효율을 활용해 벌지만 그들은 이를 개인이 쓰지 않고 공동체에 다 내놓아 필요에 의해 나누어 썼다. 곧 분배는 공산주의 방식으로 살아왔다. 이것이 디아스포라를 2000년 가까이 버텨 온 힘이다. 이러한 원형이 현재에도 살아 있는 게 이스라엘의 키부츠다.

이 사상에 입각해 그들은 도전적으로 질문하고 치열하게 논쟁할 수 있는 '후츠파 정신'으로 무장되어 있다. 이것이 그들 창의성의 근원이다. 이렇게 유대인들이 비록 뿔뿔이 흩어져 디아스포라 생활을 하면서도 교육을 통해 그들의 언어와 전통과 정체성 곧 민족혼을 2000년 동안 잃어버리지 않고 간직할 수 있었던 것이다. '칼보다 무서운 게 펜'이라는 사실을 역사에서 증명한 민족이 유대인들이다. 이렇듯 교육의 힘이 단절의 위험에 처한 민족혼을 구해 내어 그들의 동질성을 지켜 내고 이를 토대로 더욱 융숭한 발전을 이루게 할 수 있었다. 그만큼 교육의 힘은 무서운 것이다. 공동체의 전통과 정체성은 물론 공동체의 미래도 교육에 달려 있다. 이처럼 교육은 매우 중요하다.[2]

....

2 하나님의 자녀 영주, 교육으로 민족을 지켜낸 유대인 학자 요하난 벤 쟈카이를 아십니까?(https://blog.naver.com/tjd392766/221302095031)

2) 27전 28기(27轉 28起)의 아브라함 링컨 대통령

　아브라함 링컨을 미국 역대 대통령들 중 최고의 대통령으로 손꼽는다. 그런 점에서 그는 성공한 대통령이다. 그러나 그의 성공은 쉽사리 얻은 성공이 아니다.

가) 링컨, 27번의 실패와 아름다운 승리[3]

　사람은 누구나 살면서 실패를 경험하게 된다. 미국인들이 역사상 가장 존경하는 대통령으로 평가받는 아브라함 링컨(Abraham Lincoln)은 실패의 연속을 경험한 대표적인 인물이기도 하다. 아버지 토머스 링컨은 가난한 농부였고 어머니 낸시 행크스 링컨은 미혼모의 딸이었으며 둘 다 문맹이었다.

　링컨을 연구한 전문가들은 링컨이 27번의 실패를 거듭했다고 한다.

　15세 : 집을 잃고 길거리로 쫓겨남

　24세 : 주의회 선거에서 낙선(1832년)

　25세 : 사업 파산(1833년 사업 실패로 이 빚을 갚기 위해 17년간
　　　　고생하였음)

　26세 : 약혼자의 갑작스런 사망(1835년)

　28세 : 신경쇠약으로 입원(1836년)

　30세 : 주의회 의장직 선거에서 패배(1838년)

　32세 : 정부통령 선거위원 출마 패배(1840년)

....

3 허준혁, 인용 실패를 넘어 성공으로…, 2012. 10. 5 재인용

35세 : 하원의원 선거 낙선(1843년)

36세 : 하원의원 공천 탈락(1844년)

40세 : 하원의원 재선거 낙선(1848년)

47세 : 상원의원 선거 낙선(1855년)

48세 : 부통령 후보 지명 전 낙선(100표 차, 1856년)

50세 : 상원의원 출마 낙선(1858년)

51살에 미국의 16대 대통령에 출마하여 드디어 당선되었다. 그리고 최고의 대통령이 되었다.

나) 링컨 대통령과 성경 시편 34장 6절에 얽힌 이야기[4]

링컨 대통령과 성경 시편 34장 6절에 얽힌 이야기는 유명하다. 인기 배우 제임스 머독이 링컨의 초청으로 백악관을 방문했을 때 일이다.

그는 포성 소리에 잠을 설치고 이른 새벽 흐느껴 우는 소리에 일어났다. 그 소리를 추적해 보니 링컨의 집무실에서 흘러나오는 기도 소리였다. "사랑의 하나님, 저는 부족한 종입니다. 저의 힘으로는 할 수 없습니다. 이 나라를 긍휼히 여겨 주시고 하루빨리 전쟁이 마무리되어 통일된 나라를 이룰 수 있도록 도와주옵소서."

링컨이 가장 좋아했던 성경 구절이 시편 34장 6절이었다고 한다.

....

4 신성욱 교수(아세아 연합신학대학), 실패는 성공의 어머니, 좋은소식,
  2020. 6. 29 18:23

"이 곤고한 자가 부르짖으매 여호와께서 들으시고 그
의 모든 환난에서 구원하셨도다."

그는 남북전쟁으로 나라의 어려움이 계속될 때 시편 34장 6절의
말씀을 암송하며 힘을 얻을 수 있었다고 했다.

실패할 때마다 꿈을 더 높이 가졌다. 좌절할 때마다 더 높은 목표
에 도전하였다. 우리도 링컨 같은 용기를 지닌다면 실패를 디딤돌로
삼아 성공의 언덕으로 나아갈 수 있다.

왜냐하면 난 이제 곧바로 또 시작을 했으니까… 배가 든든하고 머
리가 단정하니 걸음걸이가 곧을 것이고 목소리는 힘찰 것이다.

나 스스로 다짐한다. 다시 힘을 내.

3) 호세 리잘(José Rizal)

가) 국가에는 충성 부모에게는 효성

필리핀 독립운동의 아버지라고 추앙받고 있는 호세 리잘(1861년
6월 19일~1896년 12월 30일)은 필리핀을 사랑하는 진정한 애국자였
다. 지금 마닐라 시에 있는 박물관은 필리핀에서 유명한 관광지 중
의 하나다.

안과의사였던 그는 스페인 식민지로부터 독립을 위하여 유럽에
서 투쟁하던 중 의사의 꿈을 접고 필리핀으로 되돌아오게 되었다.

호세는 필리핀의 해방에 대한 열망으로 뭔가를 실현하고자 필리핀 민족 동맹을 결성하여 스페인 식민통치를 비판하였다. 그는 스페인의 압제하의 필리핀의 노예 상태에 통분, 활발한 저술 활동을 통하여 민족의 자각·해방의 기운을 촉진시켰다. 그러나 안드레스 보니파시오 등의 무장투쟁론에 반대하고 스페인의 개혁과 자치 운동을 주장하였다.

1892년 필리핀 독립 운동의 지도 기관인 필리핀 연맹을 결성하여 독립 운동을 지휘하던 중 그의 활동을 주목한 스페인 총독부에 의해 체포되어 민다나오의 섬 다피탄으로 유배되었고, 무장투쟁론자들의 배후로 몰리게 되었다.

나) 투옥과 처형

그 뒤 수도 마닐라 인트라무로스(Intramuros) 내에 있는 산티아고 요새(Fort Santiago) 감옥으로 이감되어 수감생활을 하던 중 1896년 필리핀 혁명의 배후 조종자로 지목되어 마닐라 근교의 교외 바굼바얀(오늘날의 리살 공원 부지)에서 공개 총살형을 당하였다. 그의 죽음은 필리핀인들이 독립 의지를 불사르는 계기가 되었고, 호세 리살은 필리핀 독립의 아버지로 추앙되었다.

나이만큼 33발의 총탄으로 쓰러졌으나 하늘을 향하여 돌아누우면서 외쳤다. (필리핀에서 죄인이 죽으면 태양을 쳐다보지 못한다고 함)
"안녕, 숭배의 땅, 태양이 포옹하는 곳, 바다의 진주, 우리의 잃어버린 에덴이여. 안녕, 내 사랑하는 모든 이여. 죽음은 휴식일 뿐이다."

그리고 태양을 향하여 "내 사랑하는 조국 필리핀이여"라고 외쳤다고 한다.

이 얼마나 장렬한 죽음인가?

쉬어 가는 코너 1

옛날 중국 어느 시골 마을에 살던 노인이 큰 성에 볼일이 있어서 나귀를 타고 집을 나섰다.

성에 도착(到着)해 나귀를 끌고 걷다가 어느 집 문패(門牌)를 보았는데 거기에 이렇게 쓰여 있었다.

'세상에서 제일 장기를 잘 두는 사람이 사는 집.'

노인은 그 집 문을 두드렸다.

"어떻게 오셨소?"

"집주인과 장기를 한 판 두고 싶어서 왔소."

이윽고 젊은 주인과 노인이 마주 앉아 장기를 두는데 주인이 내기를 제안(提案)했다.

"그냥 두면 재미가 없으니 진 사람이 스무 냥을 내면 어떻겠소이까?"

"그거 좋소이다!"

그리하여 판돈 스무 냥을 걸고 장기를 두는데 노인(老人)이 쩔쩔 맸다.

"어르신, 장을 받으셔야지요."

"과연 장기를 잘 두시는구려. 내가 졌소이다."

"그러면 약속(約束)대로 스무 냥을 내시지요."

"내가 약속(約束)은 했지만 지금 수중에 돈이 없소. 대신 내가 타고 온 나귀가 오십 냥 가치는 되니 나귀를 받아 주면 안 되겠소?"

젊은 주인은 생각지 않았던 나귀를 얻게 되어서 기분(氣分)이 매우 좋았다. 당장에 우리를 짓고 나귀를 씻기고 멋진 안장(鞍裝)을 만들어 타고 동네를 한 바퀴 돌았다.

그리고 일주일쯤 지났을 때 그 노인이 다시 찾아왔다.

"장기를 한 번 더 두고 싶소이다. 이번에는 돈을 가져왔으니 내가 지면 스무 냥을 내고 이기면 대신 나귀를 찾아가겠소이다."

'옳거니, 나귀에다 이번에는 공돈 스무 냥.'

주인은 속으로 쾌재(快哉)를 불렀다.

다시 노인과 주인이 마주 앉아 장기를 두었다.

그런데 이번에는 어찌 된 일인지, 젊은 주인은 노인을 당해 낼 재간이 없었다.

생땀을 흘리며 안절부절못하다 결국 지고 말았다.

"제가 졌소이다."

"그럼 약속(約束)대로 나귀를 몰고 가도 되겠소이까?"

깨끗하게 목욕(沐浴)시키고 새 안장까지 깔아 놓았는데 나귀를 돌려주려니 집주인 마음이 떨떠름했다. 하지만 내기에 졌으니 약속대로 나귀를 내어 줄 수밖에 없었다.

노인이 나귀에 올라타 길을 떠나려 하자 젊은 주인이 노인을 다급히 불러 세웠다.

"잠깐만요! 지난번에는 어르신이 수가 많이 모자랐는데 대체 어떻게 장기를 잘 두게 되었소이까?"

노인이 빙그레 웃으면서 말했다.

"나는 100리쯤 떨어진 시골에 사는데 관가(官家)에 볼 일이 있어 왔다가 관가(官家) 입구에 '나귀를 타고 들어올 수 없다'는 방을 보고 어디 나귀 맡길 데가 없나 염려하다가 마침 주인장(主人丈) 집 문에 쓰여 있는 글을 보고 장기를 지면 이 집에 맡겨 둘 수 있겠다 싶어서 장기를 졌소이다. 그리고 이제 일을 다 봤으니 나귀를 찾아가려면 장기를 이겨야 하지 않겠소이까?"

젊은 주인은 기가 막혔다.

일주일 동안 나귀만 잘 돌봐 준 것이었다.

집주인은 얼굴이 빨개져 노인이 멀리 가자마자 '세상에서 제일 장기를 잘 두는 사람이 사는 집'이라는 문패를 뜯어내 던져 버렸다.

자만심(自慢心) vs 참된 지혜(智慧)!

어리석은 사람은 자기가 세상에서 제일 잘나고 똑똑한 줄 안다. 그러나 그것은 더 잘나고 똑똑한 사람을 만나 보지 못한 착각(錯覺)에 불과하다.

교만(驕慢)은 언젠가 화(火)를 부른다. 자만심(自慢心)은 사람을 태만(怠慢)하게 만들고 태만은 실수(失手)를, 실수는 실패(失敗)를 부르기 때문이다.

자신(自身)의 부족(不足)함을 알아야 겸손(謙遜)하고 다른 사람에게 배울 수 있다.

자신(自身)의 부족함을 아는 것이 지혜(智慧)의 시작(始作)이다.

나. 숫자 전문가

일본 공인회계사 스기야마(杉山) 씨와 함께 몇 개 지점을 순회하면서 감사(監査)를 할 기회가 있어서 동행했다.

감사를 하려면 팀을 만들어 전문 분야별로 이 잡듯이 뒤지기가 일쑤였다. 지점은 평상 업무보다 우선하여 감사 받기가 통례인데 영업하는 데 전혀 지장을 주지 않고 업무를 보게 했다.

스기야마(杉山) 회계사는 단독으로 왔고 나는 동행하여 보조 및 통역과 설명을 하는 역할을 맡게 되었다. 그의 감사 단계는 간단했다.

첫 단계로 사전 예고 없이 지점을 선정하는데 성적 우수 지점과 하위지점, 그리고 중위그룹 각 한 곳씩 선정했다. 선정된 지점에 도착해서는 금고를 봉인하고 난 뒤 준비해 간 거래원장을 점검하는데 수백 개의 거래처 중 매출액 상위 주요거래처 중 3군데를 선정하여 거래장부(去來帳簿)를 면밀하게 점검한 뒤 두 번째로 금고 속의 현금과 은행별 예금 통장을 대조하여 시재를 확인했다.

다음으로 집인장을 갖고 선정한 거래처를 방문하여 집인장의 잔고와 거래내역을 꼼꼼히 확인한 뒤 거래점주의 확인 사인을 받고 다음 거래처로 옮겨 갔다.

이렇게 세 곳의 방문을 끝내고 귀사하여 혼자서 감사평가서를 작성하는 데 많은 시간을 할애했다. 출장원의 업무일지 점검 등 세세

한 부분까지 점검했다.

　다음 날 아침 소장과 조장 등 관계자들과 연석회의를 하면서 궁금한 사항을 확인한 뒤 애로사항을 동시에 청취하고 회의를 마쳤다.

　세 곳 모두를 감사한 뒤 종합보고서를 작성하여 평가를 하는데 우리의 장단점을 놀랍도록 지적해 냈고, 경영 측면에서 권고 사항 등 낱낱이 시정해야 할 사항과 조언을 정확하게 파악했다. 예를 들면 루트카 1대당 손익분기점, 적정매출액, 회전일을 산정하고, 목표이익을 달성하기 위한 매출액과 적정 거래처 수, 거래처당 관리해야 할 품목 수, 구역별 거래처 보유와 중점적으로 관리해야 할 품목 수 등 이사회에 보고한 내용을 감탄할 정도로 정확하게 진단해 주었다. 수천 개의 거래처의 장단점과 시정해야 할 사항들을 20개도 안 되는 거래처를 감사하여 정확하게 진단하고 관리방향을 제시한 것을 보고, 과연 숫자를 다루는 전문가는 다르다는 느낌을 받았다. 숫자 뒤에 나타나지 않는 의미를 정밀하게 진단해 내는, 말하자면 정밀 신체검사를 받은 느낌이 들었다. 이렇게 일하고, 잘잘못을 분별해 내는 사람을 과연 전문가라 할 만했다.

다. 불멸의 Salesmanship
- 역사에 길이 남을 유명한 세일즈맨

1) 찰리 존스(Charlie Jones)[5]
- 자기와의 약속을 실천한 세일즈맨

판매는 거절당한 때부터 시작된다는 말이 있다. 사려는 마음을 가진 손님뿐이라면 판매 기법 같은 것은 필요가 없다.

찰리 존스는 그 어려운 보험 세일즈를 시작하면서 두 가지 맹세를 했다.

하나는 '목표는 기필코 달성한다'고, 나머지 하나는 '팔다가 못 팔면 내가 산다'였다.

그는 매주 1건씩의 보험을 팔겠다고 목표를 세웠지만 첫 주에 못 팔았으므로, 자기 자신과의 약속을 지키기 위해 청약서에 '찰리 존스'라는 이름으로 계약하고 보험료를 지불했다.

그런데 두 번째 주도 못 팔아서 또 사인할 수밖에 없었다. 이러기를 3주, 4주 무려 24주 동안 한 건도 못 올리고 24개의 보험을 자신

....

5 https://blog.naver.com/mgchoice; 권오근,《일등이 되고 싶은 사람만 일등이 될 수 있다》, 해냄, 1994.12.10, 180p

이 들었다.

6개월 동안 한 건도 팔지 못한 것이다. 그러는 과정에 오기가 생기고, 조그만 가능성만 보이면 사자가 먹이를 사냥하듯 전력투구로 달려드는 철저성이 생겼다.

그 후 그는 무서운 세일즈맨이 되어 5년 동안 단 한 번도 목표를 달성하지 못한 주와 달이 없는 프로가 되었다고 한다. 그는 팔려고 하면 미쳐야 된다고 말했다.

우리는 고객을 향해 상품을 판다. 그 고객들은 숯이며, 장작이며, 종이며, 석유이다.

석유와 휘발유 같은 고객은 한두 번 만남에서 계약이 체결되는가 하면 장작은 성냥개비 하나로는 불붙기 어렵듯이 한두 번의 방문으로는 계약을 받아 내지 못하는 경우도 많다.

그런데 휘발유든 장작이든 여기에 불을 붙이려면 제일 먼저 성냥개비에 불이 붙여져야 한다.

성냥개비는 누구인가? 바로 세일즈맨 자신이 아닌가? 자신이 팔고자 하는 상품에 미치지 않고서는 신명나게, 확신에 찬 권유가 나올 수 없으며, 나아가 고객을 감동시킬 수도 없고 따라서 팔 수도 없는 것이다.

2) 존 H. 패터슨(John Henry Patterson)

- NCR(National Cash Register Company) 창립자
- 판매화법(Sales Talk) 개발 및 훈련

'미국 세일즈맨의 아버지'라 불린다. 그는 비즈니스계의 혁신가, 세일즈의 천재였다. 오늘날은 최첨단 정보화 기업으로 거듭나 120년의 역사를 가진 기업 NCR(National Cash Register)을 1884년에 창업했다. 미국에서 판매 관리가 막 형성되어 가던 시기에 과학적 세일즈 기술을 발달시키고, 현대적인 판매 체계의 수립에 큰 기여를 했다. 당시 수백만 대의 금전등록기를 파는 데 공헌했던 세일즈 원칙을 개발하고, 수백만 달러의 상업제국을 건설했다. 금전등록기와 영수증의 필요성을 소비자에게 인식시킴으로써 시장을 창출하는 등 당대 최고의 기업가이자 세일즈맨이었다.[6]

존 H. 패터슨은 내셔널 금전 등록기 회사를 설립하고 판매를 시작하게 된다. 그는 내셔널 캐시 레지스터를 업계에서 지배적인 세력으로 구축하고 판매원을 감시하고 훈련시키기 위해 복잡한 경영 시스템을 만들었다. 그는 판매원들에게 상품에 대한 설명과 대본을 써 주

....
6 권오근, 《일등이 되고 싶은 사람만 일등이 될 수 있다》, 해냄, 1994. 12. 10, 149p

고 외우도록 하고 현장에 투입했다. 판매실적을 분석해 보니 실적 좋은 그룹과 저조한 그룹으로 집계되고 있었다. 잘 파는 사람은 대부분 성격이 적극적, 능동적, 낙천적, 외향적인 반면 실적 부진자들은 대부분 소극적, 수동적, 내성적, 비활동적이었다. 어느 날 실적 부진자 중에서 Joseph H. Crane이라는 사람이 갑자기 우수한 실적을 올린 것을 파악하고 성공사례를 들어 보았다. 그는 실패했을 때 고객과 나눈 대화를 적어 보고 많은 허점을 발견하고 주고받은 대화내용을 수정하여 재차 만나서 설명했더니 판매가 이루어지더라는 것이었다. 대화를 연구하여 거절 처리를 잘하는 방법을 개발한 것이었다.

패터슨 회장이 이를 바탕으로 하여 'The NCR Primer'를 만들어서 철저하게 판매원을 교육시킨 결과 회사가 크게 발전하게 된다. 1894년에는 세계 최초로 NCR 회사 부설 'NCR Sales School'을 설립했다. 그 결과 우수한 실적을 올리는 세일즈맨은 선천적으로 판매를 잘할 수도 있으나 철저한 교육을 통해서 육성할 수 있다는 것이 증명되었다.

Sales man are made, not born!

따라서 그때부터 판매원 교육의 중요성은 크게 부각되었고, 판매에 적합한 성품 개발과 고객과 시장을 분류하고, 거절 극복 방법의 화법과 고객응대 기술 등도 교육을 통해서 이루어지게 되고 발전되어 왔다.

3) 자동차 판매 왕, 조 지라드

미국의 전설적인 자동차 판매 왕 '조 지라드(Joe Girad)'라는 사람이 있다. 기네스북에 12년 동안 연속 판매 왕 자리에 올랐던 사람이다. 조 지라드는 15년간 13,001대의 자동차를 판매해, 자동차 왕 헨리 포드와 나란히 '자동차 명예의 전당'에 오른 신화적 세일즈맨이다.

그는 말더듬이였고 내성적이어서 누구도 그가 세일즈맨으로 성공할 것으로 기대하지 않았다. 그런 그가 세일즈맨으로서 최고의 성공신화를 이루게 된 것은, 그가 체득한 3가지 성공비결 때문이었다.

첫째, 끈기다. 그가 하루는 어린이 놀이터에서 아이들이 타는 허니문 카 옆에 있었는데, 한 아이가 엄마를 계속 조르는 것을 보았다. 처음에 안 된다고 했던 아이의 엄마는 아이가 계속 울면서 보채니까 결국 아이의 요구를 들어주어 태워 주었다. 그때 지라드가 깨달았다. "그래, 계속 요구하니까 되는구나." 그때부터 지라드는 판매될 때까지 끈기 있게 고객을 계속 만났고, 판매하고 나면 매월 한 번씩 편지를 보냈다. 계속 관계를 맺어서 차를 바꿀 때, 지라드의 차를 사게 만들었다.

둘째는 경청이다. 어느 날 한 아가씨가 지라드와 약속한 날짜에 나오지 않았다. 지라드는 그 아가씨에게 찾아가 이유를 물었더니 자신의 이야기를 귀담아 듣지 않고 무시했다는 것이다. 그때 그는 차를 팔기 위해서는 무엇보다 고객의 이야기를 잘 들어 주는 것이 중요하다는 것을 깊이 깨달았다. 그는 고객의 말을 진심을 다해 듣기 시작했다. 그러자 그의 판매대수도 급격히 늘기 시작했다.

셋째, 250법칙이다. 그는 《판매에 불가능은 없다》는 자신의 책에서 자신을 세계 제일로 만든 것은 250명의 법칙이라고 말했다. 그는 인간관계 연구를 통해 '한 사람이 미칠 수 있는 인간관계의 범위가 250명'이라는 사실을 알아내, '조 지라드의 250명 법칙'을 창안해 냈다. 그가 어느 날 친척의 장례식장에 가서 조문을 했을 때 문득 문상객 숫자가 궁금했다. 친한 장의사에게 물어봤더니 보통 250명 정도 된다고 했다. 얼마 후 친척의 결혼식이 있어 참석하게 되었는데, 직원에게 하객들 숫자를 물어봤다. 보통 신랑 측 250명, 신부 측 250명 정도 된다고 하였다. 거기서 조 지라드의 250명 법칙이 나오게 되었다. 그는 한 명의 고객을 만날 때 250명을 대하듯이 귀빈으로 여겨 최상의 대접을 했다. 한 사람의 가치를 250배로 높여 평가한 것이다. 그 결과 고객들의 절대적 신뢰를 얻게 되어, 그들은 그의 '충성고객'이 되었다.

조 지라드의 성공비결은 세일즈맨에게만 해당되는 것이 아니다. 다른 모든 분야에서도 동일하게 적용된다. 성공하기 위해서는 실패해도 다시 도전하는 끈기가 필요하다. 상대의 말을 귀담아 듣는 경청도 필수다. 1명 뒤에 있는 250명을 생각하여 한 사람으로 대하지 말고 250명의 무게감을 가지고 최고의 귀빈으로 대해야 한다.

이를 세일즈에 적용하면 한 사람의 고객에게 확실한 신뢰를 얻으면 250명의 잠재고객이 생긴다는 것을 깨닫게 된 것이다.

반대로 한 사람에게 신뢰를 잃으면 250명의 고객을 잃는 것과 마찬가지다. 그때부터 그는 한 사람의 고객을 250명 대하듯 했다. 세일즈, 즉 돈을 벌기 위해 깨닫게 된 신의 한 수가 된 것이다. 한 사람이 소중하고 귀하다는 것을 깨닫게 된다.

그는 한 사람의 가치를 발견하고 실천한 것이다. 사람을 어떻게 보느냐는 것은 아주 중요하다. 사람을 대하는 태도가 그 사람의 인격이다.

《포브스》지에서 '세기의 슈퍼 세일즈맨'으로 선정되기까지 했다. 그가 기록한 하루 18대 판매, 1달 174대 판매, 1년 1,425대 판매는 아직도 그 기록이 깨지지 않고 있다.

4) 히가시 시이나의 예화

목표를 분명히 세우고 성취하려면 일에 미쳐야 한다. 일본 T 자동차의 영업사원 '히가시 시이나'는 일에 미친 사람이라고 할 수 있다. 호별 방문을 통해 판매하는 것을 돌입식 방식이라고 한다. 시이나의 돌입식 방문은 유쾌한 무용담이라고 할 만하다.

어느 날 히가시 시이나는 카탈로그와 봉투, 명함으로 가득 찬 가방을 들고 정신없이 돌입식 방문을 하고 있었다. 그의 눈에는 차로 가득 찬 굉장한 점포가 들어왔다. 모두가 경쟁사인 N 사 차로 가득

했다. 이 정도면 한 대쯤은 팔 수 있으리라 생각하고 투지가 솟았다. 문 열고 들어가서 큰 소리로 인사했다.

"이 지역을 담당하고 있는 T 자동차의 사이타마 영업소의 '히가시 시이나'라고 합니다. 좋은 차가 있으니 차종을 보시지 않겠습니까?"

점포 안에 있던 모든 사람들이 숨을 죽인 채 자기를 응시하고 있지 않은가? 잠시 침묵이 흐르다가 안쪽의 큰 책상에 앉아 있던 위엄 있는 사람이 다가와서 말했다.

"당신 여기가 어딘 줄 알고 들어왔소? 싸움을 걸러 온 거요? 시비하러 온 거요?"

다른 사람들도 그를 둘러쌌다.

"저는 자동차 영업사원입니다만…"

주위를 둘러보니 그곳은 바로 라이벌 자동차의 N 사가 아닌가? 가만히 보니 모든 차가 신차들로만 가득했다.

"아니, 이것 참 N 자동차 판매점인 줄 모르고 실례했습니다."

상대방도 놀랐겠지만 히가시 시이나 자신도 대단히 놀라서 허겁

지접 등을 돌릴 수밖에 없었다. 이런 일이 두 번이나 있었다고 그는
말하고 있다.[7]

7 히가시 시이나, 《T사 영업사원의 상법(商法)》, 한국산업훈련소 KITI, 1985.8.5

4

소소한 행복으로

가. 엄두도 못 낼 일자리 갖기

기업의 4대 요소를 든다면 ① 사람 ② 자본 ③ 기술 ④ 정보(데이터)라고 할 수 있다. 이 중에서 중요도를 따진다면 나는 단연코 '사람'이 가장 중요하다고 생각한다.

자본과 기술을 가진 사람들이 조직을 구성하고 정보를 바탕으로 적기에 의사결정을 실행하여 목표를 효율적으로 달성하여 성과를 내는 것으로 요약할 수 있다.

성과를 내지 못하고 있는 기업의 문제는 여러 가지가 있을 수 있다. 그중에서 나는 사람의 문제가 제일 크다고 생각한다.

어떤 조직(기업)에도 문제는 있다. 이 문제를 파악하여 고쳐 나가는 것도 사람이 하는 것이기 때문이다. 정권이 바뀌고 나니 온통 사람이 저질러 놓은 문제가 신문의 온 지면을 채우고 있다.

그중에서도 공직자들의 부정부패 기사를 볼 때 나라의 장래가 참으로 걱정된다. 자격도 없는 건달 같은 사람을 지도급에 앉혀 놓고 부정하게 사리사욕을 취한 것이 문제의 핵심이라고 나는 생각하고 있다. 그중에서도 정치권이 가장 심하다. 어느 유명한 기업가가 말하기를 우리나라 기업은 일류인데 정치는 수준이 4류라고 했다. 세계를 상대로 경쟁하는 기업이 일류가 되지 않으면 세계를 상대하기가 어렵다. 선진국이 되더라도 유지하기가 더욱 어렵다. 이렇게 건달 같은 4류들이 정치권에 들어와서 일류인 기업을 상대로 발목을 잡는 것을 우리는 흔히 보고 있다. 우리는 이런 건달들이 정치권에 발을 붙이지 못하도록 해야 한다.

방법은 결국 국민들의 의식 수준을 높이는 것이다. 내가 회사에서 교육 담당할 때였다. 철학자 김형석 연세대학교 교수는 대통령은 그 나라의 국민 수준에 맞게 나온다고 말씀하셨다. 지금 생각해도 의미 있는 말씀이었다.

내가 실업 상태에서 십수 년을 지내 오면서 꼭 하고 싶은 일이 있었다. 그중에서도 부실화된 주요 공기업이나, 관리 부실화된 기업체를 맡아 멋지게 경영해 보고 싶다는 충동이 일어난다. 무슨 업종이든 상관없다. 위에서 언급한 바와 같이 어떤 조직이라도 그 조직에는 문제전이 있기 때문이다. 그 문제는 모두 사람으로부터 발생한다고 나는 믿는다. 공기업이나 회사에도 우선 지도자가 되려면, 첫째 청렴결백하고 솔선수범하며, 둘째 끊임없이 자기 계발함으로써 셋째 후계자를 육성하며, 넷째 리더십을 발휘하여 사람과 관계를 잘하는 기술이 있어야 하는 것, 그것이 경영의 요체이다.

급여를 받지 않아도 좋다. 나는 1983년 동아식품 영업 담당 실무책임자로 부임하여 당시 269억의 회사를 1993년 1,350억의 매출을 올려 11년간 500여% 신장시켰다. GE의 잭 웰치는 20년 경영해서 120억의 매출을 4,500억 달러로 회사의 자산 가치를 40배 성장시켰고, 이건희 삼성 회장은 25년간 시가총액 1조 원을 303조로 303배 성장시켰다. 규모가 작아서 그렇지 성장률로 따진다면 나도 괜찮다고 혼자 자부심을 가져 본다. 정직과 성실을 기본으로 하는 리더십,

종업원 교육으로 의식 개혁, 신상필벌의 엄격한 적용으로 기강 확립, 수입 내 지출, '공(功)은 부하에게 책임은 나에게'를 간부에게는 더 엄격한 적용 등은 나의 경영방침이다. 얼마 전까지만 해도 50대 초반같이 활동할 수 있었고, 어디 가도 팔순을 맞는 나이로 보이지 않는다고 하나 주민등록을 보고는 누가 써 주겠는가?

지금 나의 꿈은 30여 년간 회사에서 익히고, 단련한 성공과 실패의 경험, 실전 위주의 경영 방법, 사원에서 CEO까지 그 직급에 맞는 고민과 위기를 극복하는 등 많은 경험 쌓은 것을 잘 정리하여 흔적을 남기는 것이다. 인생 80. 일을 찾아 팔팔하게 살아야지. 내 뜻대로 세상을 바꾸지는 못했으나 내가 세상에 맞추어 살아가면서 내 인생의 대차대조표를 작성 중이다. 언젠가 결산을 마감하고 나면 누군가의 손에 의해 손익계산서가 작성되리라.

보나 마나 나는 하나님의 은혜로 흑자결산으로 마감되리라 확신하는 바이다.

나. 노인 일자리에 참여하며

중국의 어느 현자(賢者)가 일찍이 말하기를 사람이 느끼는 고통 중에 배고픈 것, 춥고, 냉대(冷待) 받는 것, 내면적 고민(苦悶)과 한가(閑暇)한 것 중 가장 고통스러운 것은 맨 나중의 한가한 것이라고 했다. 적어도 나에게는 가슴 저미도록 느껴지는 말이다.

1997년 말 주주총회에서 소위 일컫는 임원 명단에서 나의 이름이 제외되었다. 내가 느끼기에 수긍할 수 없는 처사였다. 상장회사 임원으로서 직속상사인 사장과 껄끄러운 관계 외에 그만둬야 할 이유가 전혀 없었다. 창사 이래 만성 적자에 허덕이면서 모사의 지원만 받던 회사를 유통경로의 혁신과 철저한 세일즈 교육으로 흑자를 기록했고, 부정과 혼탁한 구설수에 전혀 입방아를 받아 본 적도 없는 영업총수로서 4년간을 보냈고 법적 임기도 2년이나 남은 상태였다. 흔히 상장회사 임원이란 임시직원으로 줄여서 호칭한다는 말이 실감났다.

그런 현실을 여러 번 봐 왔던 나로서는 해마다 10월이 되면 사물함을 정리하여 개인 용품들은 집으로 가져가서 정리해 두고 어떤 경우라도 받아들일 각오를 한 덕택에 큰 충격 없이 현실을 받아들였다. 임원에게는 정년이 없다지만 일반 직원의 정년도 되기 전 만 53세에 내 온몸 바쳐 충성하던 부하직원들과 정든 회사를 타의로 그만두게 된 것이다. 내가 임원으로 선출될 때 입사 동기 중에는 과장대리인 동기도 있었다. 말하자면 동기생들 중에 초고속 승진한 셈이다.

내년이면 망(望) 80세. 퇴사한 뒤로 서울대학교 경영대학 초빙연구임원, 산업훈련 강사, 세일즈 트레이너, 대학교 전임교수, 보험 세일즈 등 닥치는 대로 일자리를 찾아 이곳저곳을 전전하면서 27년여를 보내게 보낸 것이다. 아이들 셋 모두가 초등학교부터 대학교까지 서초동에서 보낸 십여 년간 산 것 외에 가정 형편에 따라 집을 옮기게 되었고 서초동, 분당, 일산, 양평, 우여곡절 끝에 의정부에서 이곳 양주까지 오게 된 것이다.

그리고 7년 전 서울 아산병원에서 서해부 다분화성 횡문근육종 판정을 받고 수술한 뒤 그야말로 무료한 세월을 보낼 수밖에 없었다.

"사람이 사람답게 살고(웰빙 : Wellbeing) 사람이 사람답게 늙어(웰에이징 : Wellaging) 갈 수 있어야 한다. 거기에 더하여 하는 일이나 일자리가 있어야 된다고 나는 생각한다. 따라서 수입이야 어떻든 일자리가 사람에게는 삶의 필수조건이라고 생각된다. 목표에 시달리고, 일 때문에 밤낮 근심, 걱정하던 때가 지금 생각해 보니 행복했던 시절이었다. 특히 영업총수로 실적이 좋든 나쁘든 월, 분기, 연도마감을 하고 나서, 목표달성과 실적에 웃고 울었다. 그러나 한숨 돌릴 틈도 없이 이튿날이면 또다시 실적과 씨름하는 숙명의 그 시절이 그립기만 하다."(《898 스토리》, '다시 찾은 배움의 길' 중에서)

지난 7월 18일 양주 YMCA에서 일자리가 있는데 할 수 있느냐고 연락이 왔다. 노인 일자리를 작년 연말에 신청해 놓았던 결과로 나에게 순서가 돌아온 것이다.

7월 21일 옥정초등학교 교무과에서 오늘 오후 1시 30분까지 출근해서 일을 시작하라는 연락이 온 것이다. 드디어 한가함에서 벗어나는 순간이었다. 근무조건은 하루 3시간씩 중앙현관에서 외부인이 출입할 때 발열 체크와 명단 작성 등 단순직이다. 참으로 오랜만에 맡아 보는 일이다. 한 달 10일간, 말하자면 파트타임(part-time)이다. 일을 시작한 지도 벌써 5개월이 지나고 있다.

70여 년 만에 가 본 초등학교는 내가 다니던 국민학교 시절과는 너무나 달랐다. 복장은 물론이려니와 학부모와 등교하는 아이가 많고, 현관에서부터 실내화로 바꿔 신는다. 유치원생부터 6학년까지 모두가 구내식당에서 식사한다. 도시락 들고 다니던 우리 시절과는 판이하다. 초등학교 시절 책보자기에 책을 싸서 메고 다니던 기억이 새롭다. 양호한 영양 상태인 오늘의 초등학생은 5, 6학년 중 어떤 학생은 성인 못지않게 덩치가 클 뿐만 아니라 자기 반 선생님보다도 더 커서 학생인지 교직원인지 헷갈릴 때가 있다. 저학년 아이들일수록 대부분은 뛰어서 다닌다. 복도든 운동장에서 소리를 마음껏 지르고 웃고 장난을 친다. 참으로 생기발랄(生氣潑剌)하고 천진난만(天眞爛漫)한 아이들이다. 6·25전쟁을 겪은 당시는 굶는 아이들이 태반이고 놀아도 전쟁놀이를 했다. 운동화 신고 다니는 아이들을 시골에서 찾아보기 힘들었다. 대부분은 고무신이었다.

교실을 살펴보면 대개 20명 내지 많아야 30명 이내인 것 같고 1인 1책상이다. 나의 국민학교 시절에는 앉는 책상 하나에 둘씩 앉았고 가운데 줄을 그어 영역을 확실하게 하여 지우개나 연필 등으로 침범하면 영락없이 다투던 시절이었다. 역사시간에는 대형 TV로 영화로 시청한다. 입구에 붙어 있는 개교(開校)둥이들의 꿈을 살펴보니 프로게이머, 셰프(chef : 요리사) 등이 눈에 들어온다. 혹시나 해서 눈여겨 찾아봐도 대통령이나 장군 같은 그림을 그린 아이는 한 사람도 없었다. 옥정초등학교는 2017년에 개교했기 때문에 내년이면 1회 졸업생을 배출한다. 지금까지는 단순히 겉모양의 학교 모습이지 교과 과정이나 내용을 나는 모른다. 이 아이들이 커서 사회에서 주역이 되고, 세계를 무대로 활동하는 시대를 대비하여 선생님들에게 교육에 포함되어야 할 내용을 몇 가지 제안해 보고자 한다.

첫째, 꿈을 될수록 크게 갖도록 하는 교육이어야 할 것이다. 역사와 미래는 꿈꾸는 자의 것이 되기 때문이다. 절대로 자신을 과소평가하는 일이 없도록 세심하게 교육하고 적성을 살려 나가 꿈을 이룰 수 있게 용기를 북돋우어 주어야 한다.

둘째, 실패를 두려워하지 않는 적극적 정신을 갖도록 하는 교육을 시키면 좋겠다. 마음속에 되고자 하는 사람이나 성취되었을 때의 그 일의 구체적 모습을 상상하게 하여 자신감을 갖게 하는 것이다. 불가능하다고 포기했더라면 비행기나 페니실린 같은 것은 만들어지지 않았을 것이다.

셋째, 희생과 봉사정신을 갖는 리더(Leader)들을 육성하는 것이다. 오늘 우리나라의 위기는 희생 없는 지도자와 자기 이익만 추종

하는 소위 지도급 인사라고 하는 사람들로 차고 넘치는 것이 현실이다. 국가의 중책을 맡고 싶어도 청문회에서 망신당하기 때문에 사양한다는 말이 들려온다. 제대로 된 지도자 키우기가 이렇게 현실적으로 어려운 것이다.

오늘도 등하교하는 어린 새싹들을 보면서 미래에 전개될 세상을 머릿속에 그려 본다. 이왕이면 잠시, 잠깐 인연을 맺은 이 옥정초등학교 출신 중 각 분야에서 이 나라를 이끌어 나갈 훌륭한 인재들이 될수록 많이 배출되었으면 하고 간절히 빌어본다.

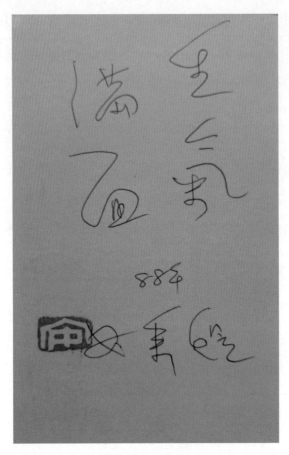

생기만면(生氣滿面)

: 활발하고 힘찬 기운이 온 얼굴에 가득하다.

다. 때는 사람을 기다리지 않는다

2015년 3개월의 호주 생활을 끝내고 귀국해서 6개월여가 지났을 때다. 무엇을 해야 할까? 나름대로 몸부림을 칠 정도로 답답하고 '어떻게 사람답게 사느냐(Well Being)?', '어떻게 하면 사람답게 늙어 가느냐(Well Aging)?'라는 두 가지 명제 앞에 엄숙해지게 되었다. 희수의 나이에 지나간 세월을 뒤돌아보니 열심히 후회 없이 최선을 다해 살아왔다는 생각이 들었다. 그러나 좀 더 숙고해서 보완했어야 할 부분이 적지 않음을 느끼는 것이 솔직한 나의 고백이다. 이 지구상 인구가 500만~1,000만 명일 때 약 12,000여 개의 언어가 있었다고 한다. 지금은 약 5,500개 정도가 통용되고 있으며, 75억의 지구촌 인구 중 중국어 사용자가 약 18%, 영어를 공용어로 사용하는 국가가 99개국이고 세계 인구의 29%인 21억 6천만 명 정도이다. 스페인어 사용자 6.4%, 아랍어가 3.7% 등으로 집계되고 있다. 영어가 가히 세계 공용어인 셈이다.

중·고등학교와 대학교를 졸업하기까지 10여 년 영어를 배웠으나 외국인을 만나면 의사소통하기가 너무나 어렵고, 특히 2015년 약 3개월간 호주 생활에서 도난당한 후 파출소(Beat)에 신고하면서 제3자 통역으로 상황 설명을 하는 불편함을 겪었다. 거기에 충격 받은 나는 2016년 6월부터 오늘까지 아침 6시부터 과목당 10~20분 단위로 시행하는 EBS와 JEI 방송영어 프로그램으로 지난 6년간 빠짐없이 매일 쓰고 메모하고 있으나 아직도 듣기도 어렵고, 더구나 말하기도 크게 부족하여 늘 아쉽다. 중학교 다닐 때부터 배운 정확한 발음과 외우는 것을 소홀히 했기 때문이리라. 때를 놓치는 것이 이렇게 곤경에 처하게 될 줄은 전혀 예측하지 못했다. 비즈니스 일본어는 어느 정도 가능하나 그것도 20년 전의 일이고 중국어도 3~4년 공부했으나 늦게 시작한 관계로 지금은 엄두도 못 낸다. 역시 공부할 때를 놓치니 어려움에 처할 때가 많다. 시험도 치고 예습과 복습이 그야말로 중요하다는 것을 깨닫게 된다. 내가 정한 목표수준까지 가려면 앞으로도 몇 년을 더 해야 할지 답답하기만 하다. 뿐만 아니라 교회에서 영어 예배를 수년간 드렸으나 성경을 보고서도 알아듣기가 무척 어렵다. 부진 원인 중 큰 부분은 단어나 문장을 암기하였으나 그 기억이 오래가지 않는 것이다.

10대나 20대 때는 말하자면 총기(聰記)가 있다는 말을 많이 들었으나 그때 열심히 해 놓지 않았던 것이 이렇게 무거운 짐이 될 줄이야. 할 수 있을 때 해야지, 때를 놓친 지금은 그때의 열 배 이상 노력해도 암기하기가 여간 어렵지 않다. 회사 교육 담당할 때 고 안병욱 교수님과 영어를 잘하는 길에 대해 논의한 적이 있었다. 그 교수님은 한때 경기중학교(5년제)에서 영어를 가르치셨다고 했다. 학기 초에 교과서가 나오면 무조건 암기시키셨다고 한다. 영어수업 시간이 되면 교과서는 덮어 놓고 차례대로 암기한 것을 발표시켰다고 했다. 그 당시 13도(6·25전쟁 전 남북한 모두) 수재들이 모인 경기중학교는 한국에서 가장 우수한 학생들이 다니는 학교라고 자부심이 대단했다고 한다. 영어 실력이 뛰어난 학생으로 기억에 남는 학생은 후에 오랫동안 주미 한국대사를 지내신 고 함병춘 선생과 미디어 아트의 창시자 백남준과 장관을 포함해 역사적인 인물들이 많았다. 참좋은 방법이라고 생각했다. 어릴 때 그렇게 암기한 문장들은 기억에 오래 갔을 것이라고 짐작됐다. 역시 기억력이 좋을 때 암기를 해야하는 것이다.

라. 또 하나의 인생의 의미

1) 시련(試鍊)은 계속되고

2016년 5월 18일 서해부 다분화성 횡문근육종으로 9시간의 암 수술을 받고, 이후 10번의 항암치료와 총 25회의 방사선 치료로 고달프고 어려운 투병생활을 했다. 되돌아보면 1998년 9월 패혈증으로 생사의 갈림길에 서 있을 때 하나님을 영접하여 기적적으로 기사회생(起死回生)하였고, 2018년 암 투병을 위한 각고(刻苦)의 노력 끝에 지난 2년간 나의 병세는 많이 좋아졌다. 다소 불편하긴 했지만, 지팡이를 짚고서 각종 세미나에 참석도 했으며 소속단체 활동 및 모임 등으로 사람 만나는 일이 잦아지게 되었다. 암 건강상태도 많이 호전되었다.

그러던 중 2018년 6월 1일, 임관 50주년(ROTC 6기 1968년 임관) 기념행사를 숭실대학교에서 성대하게 치르게 되었다. 여느 때처럼 지팡이에 의지하며 즐거운 마음으로 참석하게 되었고, 많은 동기와 함께 행사를 마치고 귀가하는 중, 지하철역 구내에서 지급받은 선물 백(bag)에 걸려 그 자리에서 그만 넘어지고 말았다. 일어나려고 무진 애를 썼지만, 도저히 자력(自力)으로는 한 발짝도 움직일 수가 없었다. 결국 나는 119 구급차로 서울 아산병원에 급송되어 다시 입원하게 되었다.

고관절 골절(骨折)이라는 진단이 나왔다. 또다시 시련이 찾아왔다. 그나마 불행 중 다행으로 골밀도(骨密度)가 좋아서 금속 고정술로 철심(鐵心) 3개를 박고 22일간 치료를 받은 뒤 퇴원할 수 있었다. 그러던 중 지난 2019년 5월 16일 주치의 이종석 교수로부터 왼쪽 낭심 위에 1.58센티 가량의 몽우리가 또 보이니 초음파실로 가서 조직검사를 해 보라고 연락이 왔다. 검사 결과 암세포의 재발이 발견되고, 6월 26일 입원하여 종양을 제거한 뒤, 이후 8월 9일까지 또 10회에 걸쳐 방사선 치료를 받았다. 그리고 2023년 5월 7일 119 구급차에 실려 서울 아산병원 응급실로 이송되어 화농성 척추염과 봉와직염이란 생소한 병으로 7월 10일까지 입원해서 치료 받았다. 이제는 주위에 입원한다고 말할 수도 없는 처지가 되었다. 걸핏하면 입원이다, 또 수술한다고 말하기도 쑥스럽게 되었다.

2) 인생의 의미는 무엇인가?

따라서 나는 지금까지 살아오면서 겪었던 그 어떤 희로애락(喜怒哀樂)의 세월보다도 중환자실에서, 또는 모진 암과의 투병 생활이 나에게 준 교훈은 너무나 컸다. 인생을 더 깊이 있게, 또 보람을 느끼게 해 주는 안목(眼目)을 갖게 해 주었다. 물질이나 그 어떤 사회적 지위보다 훨씬 더 중요한 것이 있음을 알게 해 주었고, 막연하게나마 죽음도 의외로 가까이 있다고 느끼게 되었다. 인생이란 무엇인가? 앞으로 나는 어떻게 살 것인가? 이 두 가지 물음이 가장 평범(平凡)하면서도 또한 가장 신선(新鮮)한 질문이며, 절박(切迫)한 순간에서 더 깊이 생각하게 되었다. 세상에 태어나 어느 한 분야에 속하고 거기에서 전문가가 되거나 의미 있는 삶을 살아야 한다.

빅토르 위고가 《레미제라블》에서 이렇게 말했다.

"오늘의 문제는 싸우는 것이요, 내일의 문제는 이기는 것이요, 모든 날의 문제는 죽는 것이다. 따라서 내일 승리를 위해 오늘도 각가지 시련과 역경을 참고 견디며 싸워 이겨 나가면서 살아야 하는 것이 인간들에게 주어진 운명이다."

3) 어떤 것이 잘 사는 삶인가?

인생에서 가장 중요한 것이 무엇인가?

나이 들고 황혼기에 접어드니 대체로 3가지로 요약할 수 있게 된다. 즉 잘 사는 웰빙(Well Being), 잘 늙어 가는 웰에이징(Well Ageing), 그리고 잘 죽는 웰다잉(Well Dying)이다.

코로나 때문에 친한 친구나 지인들을 예전 같이 자주 만나지는 못하고 대부분 카톡이나 메시지로 서로의 안부를 묻고 귀감이 될 만한 좋은 내용의 글귀를 서로 주고받는다. 대부분 '건강과 황혼의 문턱에

서서 어떻게 하면 인생의 결산을 잘할 것인가?' 하는 내용들이 주류를 이루고 있다. 산수(傘壽) 나이에 접어들고 뒤돌아보니 시련도 많았으나 비교적 잘 살아왔다는 생각이 든다. 상장회사에서 비서와 기사를 둔 경영자로 원도 한도 없이 피오줌을 싸 가면서 열심히 회사 생활도 했다. 빛나는 업적을 쌓아 후임에게 넘겨도 주었다.

회사 생활을 회상(回想)해 보면 목표를 달성하여 부하들과 쾌재를 부를 때도 잠시 잠깐이요, 다음 날이면 또다시 새로운 목표를 가지고 뛰면서 부하들과 울고 웃던 때가 한없이 그립기만 하다. 사람이 살아가는 데 필요한 것은 뭐니 뭐니 해도 날마다 출근하는 직장이나 일터라고 나는 생각한다. 일하는 것이 잘 살아가는 삶이다. 일거리가 없는 것은 고통의 날이다. 25년도 훌쩍 넘게 직장도 없이 지내다 보니 사는 것이 사람의 삶이 아니었다. 그래서 선택한 것이 서울사이버대학이었고 학사 편입하게 되었다. 53년 만에 새롭게 시작한 공부이나 의욕은 불타고 있다. 진행형이지만 Well Ageing이며, 아직 Well Dying이 남아 있다. 식사와 운동 등 규칙적인 생활을 하면서 건강관리를 잘하고 있고, 30년 가까이 마케팅 분야에서 경험했던 자료들을 정리하여 금년에는 실전 마케팅 서적을 출간할 계획을 세워 놓고 있다.

4) 어떻게 하면 인생을 잘 마무리할 수 있는가?

이제는 '어떻게 하면 살아온 지난날들을 아름답게 정리하고, 평안

한 삶을 마무리할 수 있는가?'를 깊이 생각해 볼 가치가 있다고 여겨진다.

2013년 칠순을 맞았을 때 아이들이 기념으로 성지순례 겸 지중해로 크루즈 여행을 보내 주었다. 보름 정도의 기간이었지만 밤에는 항해하고 낮에는 기항(寄港)하여 명승지(名勝地)를 관광했다. 20세기 초반 그리스의 실존주의 작가 니코스 카잔차키스가 그의 묘비에 새긴 글귀는 두고두고 되새겨 볼 가치가 있다고 나는 생각했다.

> "나는 아무것도 바라지 않는다(I hope for nothing).
> 나는 아무것도 두려워하지 않는다(I fear nothing).
> 나는 자유인이다(I am free)."

지금 최고의 행복을 누리고 있으니 더 바랄 것도 없고, 잃을 것도 없고, 불안하지도 않으며, 죽음조차도 두렵지 않게 받아들이는 그의 외침은 내 가슴에 길게 여운을 남겨 주었다.

5

∷∷∷∷∷∷∷∷

남기고 싶은
이야기들

가. 승용차에 얽힌 사연

2016년 12월 3일 토요일이었다. 차남인 병희 부부가 국수리 집을 방문했다. 5월 중순경 서울 아산병원에서 서해부 다분화성 횡문근육종 수술 후유증과 가사 도우미 도움도 끝내고 일상으로 되돌아가는 데 별 지장이 없었다. 회사에서 상무이사로 승진되어 업무용 승용차를 지급받고 집에서 타던 승용차를 나에게 인계하려고 손수 운전해 온 것이다.

차종은 메르세데스 벤츠(Mercedes Benz)로서 2003년식 E320이다. 다소 오래된 연식이었으나 주행거리가 약 9만 킬로미터로서 최고의 기능을 발휘하고 있었다.

내가 손수 운전한 지도 벌써 8년 가까이 되었다. 내가 형편이 좋아서 타고 다니는 것이 아니다. 운전해서 다닐 뚜렷한 일이 있는 것도 아니지만 걷기도 불편한 점을 고려하여 인계하고 기름 값 외에 보험 등 일체의 경비를 부담해 주겠다고 했다. 무게감도 있지만 고장 없는 것이 무엇보다도 좋다.

이 차가 나에게 인계되기까지는 우여곡절이 있었다. 우선 내 성격을 잘 아는 며느리 둘과 딸이 말하자면 작전회의를 여러 번 한 것이다. 허례허식을 싫어하고 자립정신이 투철하여 자식이든 누구에게든 신세지는 것을 용납하지 않는다는 것을 이들은 잘 알고 있었고 특히 사업 실패로 양평 국수리까지 와서 사는 형편에 나의 자존심을 건드릴 것 같아서 극히 신경 쓰고 조심하는 것이었다. 내 의향을 완화시키기 위해 형편 좋은 둘째 며느리 지선이가 만날 때마다 말하자면 순화시키려고 공들이기를 거의 6개월이란 기간이 필요했다. 아이들 효성이 지극한 것이었다. 따라서 회사에서 퇴직한 이후 12년간 승용차를 운행할 생각도 하지 않았고 형편도 되지 않아서 용무로 서울에 갈 때는 약 2킬로를 걸어서 다니니 걷기 운동도 겸하니 좋다고 스스로는 물론 자식들에게도 늘 주지시켜 염려하지 않아도 된다고 안심시켰다. 사실 지하철을 타니 경비도 들지 않고 별 불편함도 없었다. 이런 우여곡절 끝에 차를 받고 보니 승용차에 대한 온갖 추억이 떠올랐다.

1975년경 회사에서 교육 담당할 때였다. 관철동 삼일 빌딩에 소재하던 전국경제인연합회가 주최한 세미나에 참석하고 귀사 길에 마침 회장님을 만났다. 회장차를 타고 귀사하라고 하셨다. 그 당시 캐딜락은 대형차로서 금방 눈에 띄는 것이었고 우리나라에 몇 대 안 되는 고급 승용차였다고 생각된다. 앞자리에 앉아서 남산을 돌아 신설동을 거쳐 용두동 본사로 갈 동안 차 안이 그렇게 조용할 뿐만 아니라 창밖을 보니 바다같이 넓게 여겨졌다. 그 이후도 내가 타 본 승용차 중에 가장 멋진 차량이라고 생각된다.

물론 지금 내가 타고 다니는 벤츠는 그때 회장님의 캐딜락보다야 성능이나 장치 등 훨씬 발전되어 있다고 여겨진다. 비록 자식이 타라고 준 차이지만 깨끗하게 세차도 하고 국수리 단독주택에 살 때는 지하 주차장이 없어서 딸이 사다 준 커버를 씌우는 등 유지, 관리에 정성을 다했다. 특별히 갈 곳도 없어서 거의 세워 놓고 있었고, 운전하는 순발력도 여의치 않고 지하철역까지만 가서 주차한 뒤 대중교통을 이용했다. 나의 자동차 운전 면허증은 11-81-******-51로서 40여 년이 되었으나 장롱에 잠자는 면허증이 되어 있었다. 돌이켜 보니 이사(理事) 때부터 퇴사 시점까지는 전속 운전기사가 있었으나, 퇴사하고 나서는 거의 대중교통을 이용했다. 그러던 중 2016년 아들로부터 지금의 벤츠를 얻어 타게 되었다. 그러나 70 중반의 나이도 있고 오랫동안 운전하지 않았던 관계로 운전 솜씨가 서툴렀다. 차를 인수받던 날 아들이 옆에 타고 운전 솜씨를 테스트하더니 그만하면 됐다고 키를 넘겨주었다. 지하철역까지만 운행했고 대부분 대중교통을 이용했다.

의정부 아파트로 이사 온 뒤 어느 날 지하주차장에서 나와 골목을 돌아가는데 서투른 운전 솜씨 때문에 아파트 입구 단독주택에서 갖다 놓은 돌에 범퍼가 부딪혀 범퍼 일부가 파손되고 말았다. 차에게 미안하고 자식에게 어렵게 알렸다. 며칠 뒤 와서 점검하더니 보기가 좀 뭐하지만 그냥 수리하지 말고 타고 다니라고 말했다. 그로부터 1년여가 지난 어느 날 우체국 주차 중에 경고음이 울리지 않아 직진하다가 범퍼를 부딪혀 이번에도 또 파손되어서 그 부분을 접착제로 붙였으나 보기가 아주 흉했다. 아들이 수리하지 말고 타라고 할 때 약간 서운했으나 아빠 운전이 시원치 않으니 또 충돌을 예상해서 고쳐 주지 않는 선견지명이 있었다고 이제야 깨닫게 되었다.

설날에 세배 온 아들이 용돈을 내놓기에 그 돈으로 차량 수리를 보험 처리하라고 했더니 보험 처리는 할 테니 걱정 말라고 했다. 그

후 1급 정비공장을 가서 견적을 뽑아 보니 부품 값만 186만 원이 나왔다. 단순한 범퍼인데도 너무 비쌌다. 거기에 2~3일간 공임을 넣어야 된다고 해서 생각해 보겠다고 하고 그냥 돌아왔다. 사고 신고를 받은 보험회사에서는 자가 부담이 최소 20만 원에서 최대 50만 원이 부과된다고 했다. 약간의 경미한 실수로 이렇게 많은 경비가 소요되니 외제차 타고 다니는 것이 부담이 된다. 아들에게 부담을 적게 해 주려고 장안평, 용담동 등 중고 수리업체를 찾아 전화해 보니 연식이 오래돼서 부품 구하기가 쉽지 않다고 했다. 결국 보험회사 담당자의 조언으로 그가 신뢰하는 의정부 정비 공장에 정비를 의뢰했다. 3일째 되는 날 수리된 차를 인수해 보니 새 차같이 깨끗하고 멋지게 수리되어 있었다. 지금부터 운전할 때는 사주 경계를 살펴보고 조심해야겠다고 다짐했다.

사고가 난 이후로 그야말로 조심히 운전하고 정성껏 관리하여 절제하면서 운행횟수도 줄였다. 대중교통수단을 이용하는 경우가 많았다. 작년 추석이 가까워졌을 때 아파트 주차장에 이웃한 현대자동차 검사소에서 주민들이 고향을 안전하게 운행해 다녀오시라고 차량 점검을 해마다 서비스하고 있었다. 그 서비스를 받을 때 약간의 이상 징후가 있었으나 가볍게 넘겼다. 그 외 특별한 증상은 없었다. 그러나 언제부터인가 게이지에 윈도 워서 부족이란 사인이 나타났다. 워서액을 채워 보니 누수현상이 발견되어 결국 수리해야겠다는 결론을 내리고 있던 차였다.

2023년 3월 2일 대구, 경북지역 R기연 창립총회가 있는 날이었다. 새벽 5시에 차를 운전하여 덕계역에 주차시키려고 가던 중 택시 대기를 피하려다가 턱을 받아 버리는 사고가 발생했다. 우선 주차시켜 놓고 단체 버스가 기다리는 양재역을 가기 위해 지하철을 탔다. 대구에서 성황리에 모든 행사를 끝내고 22시경 덕계역에 도착하여 어두운 데서 살펴보니 별 이상 없는 것 같아서 운행을 하는데 핸들이 자꾸 꺾였다. 밤이 늦어서 아파트 주차장에 세워 두고 이튿날이 되었다. 오른쪽 앞바퀴가 펑크 나 있었고 휠이 엉망인 상태였다. 삼성화재에 신고했더니 기사가 와서 점검하더니 렉카로 자동차 공업사로 옮겨서 수리해야 된다는 결론을 내렸다. 키를 넘겨주니 견인차에 실려서 자동차 수리 공장으로 가는 모습을 뒤에서 보니 사랑하는 차를 마치 중환자실로 보내는 애틋한 심정으로 지켜볼 수밖에 없는 심정이었다.

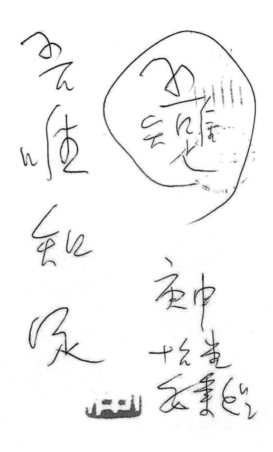

오유지족(吾唯知足)

: 나는 오로지 만족할 줄을 안다는 뜻으로

남과 비교하지 않고 자신에 대해 만족한다는 것이다.

티베트 속담에는 "해결될 문제라면 걱정할 필요가 없고,

해결이 안 될 문제라면 걱정해도 소용없다!"라는 말이 있다.

나. 자녀 시리즈

왼쪽에서 둘은 병우 부부, 가운데는 세림이 부부, 오른쪽 둘은 병희 부부.

나는 슬하(膝下)에 2남 1녀를 두고 있다.

셋이 모두가 초, 중, 고등학교를 8학군에서 성장했다. 청소년 시절 10여 년 이상을 보냈으니 서초동이 고향이라고 할 수 있다. 같은 또래라면 이런저런 연유로 강남 타 지역에 있는 학교에 다니더라도 친구가 많았다. 특히 맏아들은 성격이 원만해서 선수는 아니지만 동대항 야구시합이나 서예, 기타 동호자 등 취미 활동을 통해서 사귀는 친구들이 이 동네, 저 동네에 산재해 있어서 인맥이 넓었다. 성격이 착하고 원만해서 조직 생활을 하는 데 화합과 협조로 장점이 많다. 무슨 일을 하든 가볍게 지나치는 법이 없고 세밀하게 관찰하고 재확인하고 매사에 치밀하다. 현재는 대학교 전공을 살려 광고법인 디엔디케이(주) 대표이사로 재직 중이다.

차남은 형과 두 살 차이로 형 친구가 자기 친구같이 되고 또한 매사 적극적이다. 특히 승부사 기질이 있어 기업가로서 장점이 많다. 가족에게 대소사에 직면할 때도 언제나 든든한 버팀목이 될 것으로 확신이 든다. 내가 패혈증으로 중환자실에 입원해 있을 때 병 수발을 도맡아 하면서 코피를 쏟기도 하는 등 가족에 대한 희생정신이 있다. 머리 회전도 빠르고 결단력이 좋아 딜로이트 회계법인 상무이사를 거쳐 현재는 전주제지(주) 전무이사로 재직 중이다.

오늘은 특히 효성이 지극한 딸 이야기를 하고자 한다.

딸 세림이 부부.

'강청(姜淸)'이란 내 귀여운 딸에게 붙여진 애칭이다. 내 사정을 잘 아는 동기생이며 장로인 송경국 사장이 붙인 또 하나의 닉네임(Nickname)이다. 효성이 지극하다는 것이다. 나만이 딸을 사랑한다고 할 수는 없지만, 광고모델 관련 스타트업 대표인 내 딸이 벌써 50대를 바라보는 나이가 되었다. 그러나 내가 보기에는 아직도 귀여운 아기로 보일 뿐이다. 1979년경 성북구 장위동에 살 때였다. 1년여를 대구지점에서 근무하게 되었을 때부터 이야기는 시작된다. 대구지점 사무실 앞에 방을 하나 얻어 놓고 주말이면 상경하였다. 그야말로 2남 1녀의 식구들과 꿈같은 주말을 보내고 서울역에서 출발하는 월요일 새벽 열차로 임지인 대구로 출근하던 일정이 반복되곤 했다. 아이들은 나와 헤어지는 것을 그렇게나 싫어하였고 특히 막내인 딸은 초저녁부터 내 곁에서 떨어지지 않으려고 틈도 주지 않고 안겨 있곤 했다. 딸아이를 잠재우기 위해 자장가를 불러 주곤 했다. 그래서 딸은 이 자장가를 지금도 싫어한단다. 이에 얽힌 사연 때문이리라.

잘 자거라 우리 아가

작곡 권길상, 작사 목일신

1절

잘 자거라 우리 아가 귀여운 아가
구슬 같은 고운 눈을 고요히 감고
복스러운 엄마 품에 곤히 잠들어 아름다운 꿈나라로 구경 가거라

2절

잘 자거라 우리 아가 어여쁜 아가
쌔근쌔근 엄마 품에 곱게 잠들어
아롱다롱 꿈나라로 웃음나라로 향기로운 꽃동산을 구경 가거라

3절

잘 자거라 우리 아가 귀여운 아가
어서어서 잠 잘 자고 어서 자라서
착한 사람 되어라 우리 아가야 큰 일꾼이 되어라 우리

아가야

출발시간이 가까워 오면 일찍 소등하고 딸을 껴안고 이 자장가를
불러 주면 잠자기를 거부하려고 몸부림을 친다. 그러나 두세 번 반
복해서 부르면 이내 잠들어 버린다. 그렇게도 사랑스런 딸을 재워
놓고 떠나려면 발걸음조차도 무거웠다.

세월은 흘러 애지중지 키우던 그 자녀들은 자기 자리를 찾아 사회
에서 제 역할을 하고 있다.

내가 정들었고 온 정성을 들였던 회사를 타의에 의해 그만두게 되
었고, 결과적으로 이런저런 연유로 가정 형편이 아주 곤경에 처하였
으며 경제적으로도 아주 힘든 시기를 보내고 있을 때 딸은 나의 버
팀목이 되어 주었다.

20여 년 전 일이다. 일정한 직업도 없이 소일하고 있는 나에게 조
건을 만들어서 월 2회 정기적으로 만나기를 요청해 오고 있었다. 만
나는 장소는 딸이 다니는 회사가 있는 대학로였다. 음식점도 많고
취향에 맞는 카페도 있고 하여 즐겁게 만날 수 있었다. 친구와 지인
들과의 교제에 대비하여 상당액의 용돈도 잊지 않고 주었다. 그때부
터 지금까지 손님을 만나러 갈 때 셀카로 사진을 보내서 허락을 받
아야 한다. 패션을 체크하기 위해서다. 20여 년 이상 광고계에 종사
하고 있으니 까다롭기가 한이 없다고나 할까? 복장과 선글라스, 모
자 등 외모에 관계되는 것에 특히 신경 써 준다.

뿐만 아니라 건강관리를 위해 정기검진과 영양보조제 등을 갖고
부부가 찾아와서 집 안 청소, 유지, 관리를 점검하곤 한다. 물질적인

것을 포함하여 정신적으로도 요즘 세상에 이런 자식이 어디 있느냐고 6남매인 형제자매(兄弟姉妹)뿐만 아니라 내 사정을 잘 아는 친지들로부터 부러움의 대상이 되고 있다. 사회생활을 함에 있어서 나이가 들수록 품위를 유지하고 현역 때보다 더욱 깔끔하게 해서 인간관계를 이어 나가야 한다고 주의를 주는 것이다. 때로는 정신적으로 스트레스를 받기도 하지만 그 지극한 효심에 가슴 뿌듯함을 느끼면서 맘씨 곱고 착한 딸을 주신 하나님께 감사드린다.

2019년 12월 9일 최신형 와이드 스크린이 장착된 데스크톱이 도착했다. 딸이 사이버대학에 입학해서 다시 학업을 계속하라는 것이다. 인터넷도 하고 자기 계발을 계속해야 건강도 유지하게 된다는 것이다. 며칠 뒤 모교로부터 신청했던 대학졸업증명서, 4년간 성적증명서 등이 도착했다. 12월 12일 서류를 완비하여 서울사이버대학(Seoul Cyber University)에 편입학 신청서를 등기로 보냈다. 12월 21일 입학설명회에 참석했고 합격하여 코로나 19의 팬데믹(Pandemic)으로 2월 28일 온라인으로 입학식을 했으며 2022년 2월 19일 서울사이버대학 부동산학과를 졸업하였다. 54년 만에 또 하나의 학위를 추가하게 된 것이다. 이는 오로지 딸이 그렇게도 종용하고 뒷받침을 해 주었기 때문에 용기를 내어 결실을 본 것이다.

딸이 사 준 데스크톱으로 수십 년간 보관하던 메모를 정리하여 2021년 5월 《898스토리》라는 이름으로 나의 자서전이 출간되었다. 또 《크게 성공하진 못했을지라도》 수필집 발간 계획이 순조롭게 진행되고 있다. 이는 두 번째 나의 저서가 된다. 내가 병상에 있을 때나 시련의 세월을 보낼 때도 옆에는 늘 함께해 주는 딸이 있었기 때문이다. 용기와 격려를 받음으로 극복해 나갈 수가 있었다. 따라서 나를 아는 모든 이에게 심청과 같은 효심을 가진 나의 딸을 늘 자랑스럽게 말하지 않을 수가 없다.

다. 우리는 왜 공동체적 삶을 살아야 하나?

1) 인간의 사회적 관계

코로나 바이러스의 대유행(팬데믹)으로 평소 깨닫지 못했으나 인간들과 공동체적 삶을 살아왔을 때가 행복했다는 느낌이 든다. 나와 너 또한 우리가 서로 배려하고, 존중하고, 때로는 갈등하면서 관계를 맺고 있으면서 따뜻한 삶을 살아왔다.

그래서 아리스토텔레스는 일찍이 '인간은 사회적 동물'이라고 했다. 인간들끼리 관계를 하지 않으면 살기 힘든 것을 잘 말해 주고 있다. 따라서 인간은 언어나 몸짓, 또는 자의식을 통해 타인과 대립, 화합, 때로는 갈등하기도 하고 이 갈등을 해소하기도 한다. 인간의 사회적 관계를 잘해서 더 나은 세계를 만들어 나가기 위해서는 교육을 통해서 배우고 익히며 각자의 소질을 개발하고, 다양한 인간관계를 개선하고 토론해서 문제를 해결해야 한다.

핀란드와 같이 교육은 경쟁이 아니라 문제를 풀어 가는 과정을 통해 성장, 기존보다 더 나은 성장, 발전을 하도록 하는 것이다. 누스바움이 주장한 것(Not for profit, 공부를 넘어 교육으로)처럼 학교는 시장이 아니라 공부를 넘어 교육으로 시민사회를 활성화하고 당당한 요구와 정당한 권리를 통해 본능적으로 함께 살아가는 것이다.

2) 공동체 의식

인간이 함께 삶을 영위하는 생활현장은 가족 → 학교 → 사회 → 국가 → 지구 공동체로 운명공동체라 할 수 있다. 따라서 따뜻한 이웃으로 더불어 함께 살아가고자 하는 것이 바로 사회적 의식이라고 할 수 있다.

3) 공동체의 철학적 근거

- 삶의 목표 : 행복, 자기실현(자유) → 인간의 권리(보편적 가치)
  의 보장과 실현에 있다.
- 인간은 그 존재의 특성이 있으며,
- 일을 통해서 사회적으로 연결되어 있고 합리적이며 민주적이어
  야 하며,
- 이러한 공동체는 인간의 권리(인권)의 보장, 실현의 관계로 맺어
  져 있는 곳이다.
- 공동체의 역사적 사상적 배경
  * 고대 : 아테네의 민주주의. 자유인의 제한에도 불구하고 공동
    체의 민주주의 가치 실현
  * 근대 : 로크의 사회계약설
    ① 천부의 권리, 자연권 : 생면, 자유, 재산은 동일하게 보장 받
      아야 한다.

② 인간의 이기심으로 자연법이 지켜지지 않는다.

③ 개인과 국가 간의 계약은 보장돼야 한다.

④ 개인의 자연권 보전 조건으로 국가에 권한 위임(권력 분립)

⑤ 국가가 자연권 보전의 역할을 위반하면 국민(개인)은 저항할 수 있다.

⑥ 루소 : 사유재산권이 인간 불평등의 기원

⑦ 헤겔 : 삼중주(노동하는 노예의식, 인간의 보편적 의식, 나인 우리 우리인 나)

* 현대 : 마르크스(공동생산, 공동분배). 과학적 사회주의

① 롤스 : 최소 수혜자, 사회적 약자의 최대이익 반영되는 정의 규칙

② 마이클 샌델 :《정의란 무엇인가》에서의 함께하는 의무. "인간은 자발적이 아니면 책임질 필요 없다."(시민의식, 시장의 도덕적 한계 극복, 시민의 덕, 도덕적 정치 개입 등)

4) 우리의 전통

- 품앗이, 두레, 계, 향약(윤리 기반)
- 나, 너, 우리 : 더불어 사는 삶, 사회

5) 공동체를 위협하는 것들 : 역사적, 현실적 요인들

- 자본주의 : 물질적 풍요, 생활상의 편리함(경제, 돈)
- 전쟁, 불평등(경쟁, 승자 독식, 경제적·사회적 양극화), 생태계 파괴
- 인간의 탐욕(이해관계) : 개인의 측면, 사회구조의 측면
- 탐욕 : 집착이다. 실체가 없다.
- 사회적 양극화 발생

6) 우리를 힘들게 하는 것들 : 물질, 시장, 관계, 권력

- 생명 연장, 완벽 해결
- 사회적 통념의 가치 : 부, 권력, 명예
- 국가(권력)란 나에게 무엇인가?
- 시장의 거래와 소비자 : '나'라는 분열적인 수사 구사
- 그래서 사회적 관계(공동체와 시민) : 우리는 공동의 언어로 공공선 개발
- 시장을 넘어서는 공동체(민주주의, 시민사회)

7) 대안 공동체 : 공동체 의식과 정신을 회복하려는 노력들

- 대안 공동체 운동들 : 공동체 의식과 정신을 회복하려는 노력들
- 교육 운동(대안학교, 행복학교, 책 읽기, 상생, 실천 문화)
- 지역 화폐 운동
- 사회적 기업(약자들의 일자리)
- 마을 만들기 운동 : 풀뿌리 주민 운동
- 기부 운동, 재능 나눔(교회의 실천 내용은 생략)

* 이 글은 필자가 서울사이버대학 재학 중 인문학 시험에서 좋은 학점을 받은
  것임.

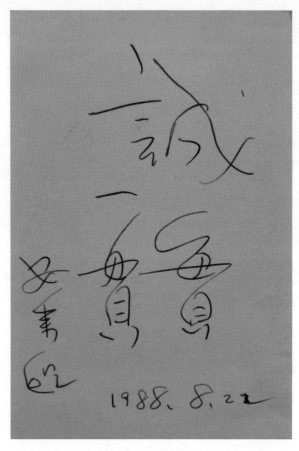

성실일관(誠實一貫)

: 정성스럽고 참되며 처음 방법이나 태도, 마음, 자세를
바꾸지 아니하고 끝까지 밀고 나감

라. 잊지 못할 크루즈 여행

MSC 선상 수영장

크루즈선 앞에서

음식의 3대 요소를 들라면 나는 당연히 첫째, 위생적으로 깨끗하고 청결할 것, 둘째, 맛이 있을 것, 셋째, 부담 없이 먹을 수 있는 가격일 것이라고 믿는다. 고등학교 졸업 때까지 나는 주로 첫째에 중점을 두었다. 학교에 다니면서부터 내 숟가락으로만 밥 먹는 버릇이 있었다. 까다롭기가 그지없었고, 남의 집 음식은 숟가락도 대지 않았다. 팔순이 넘는 할머니가 자취방을 얻어 고등학교를 졸업할 때까지 3년을 내 뒷바라지해 주셨다. 하숙을 유치한 아주머니가 할머님께 종종 맛있는 반찬을 주셨지만 나는 절대 먹지 않았다. 초중고 다니면서 어쩌다 사탕을 먹게 되면 끓는 물에 씻어서 먹곤 했다. 남들이 만졌거나 가게에 있는 먼지가 묻은 것 같아서 그것을 씻어 낸 것이다.

밥 외에는 먹을 것이 별로 없던 그 시절 한창 성장기에 접어든 나이여서 먹는 밥의 양이 엄청났다. 내 밥그릇은 사이즈가 큰 양푼이었고, 먹고 나면 금방 배가 고파졌다. 대학교에 진학하면서부터 그 까다로운 버릇을 고치지 않을 수 없게 되었다. 가정교사로 입주하여 어쩔 수 없는 처지에 직면했기 때문이다. 그렇게나 까다롭던 버릇이 순식간에 고쳐졌다.

내 어머니를 닮아서 예나 지금이나 나는 식성이 참 좋다. 가정을 꾸리고 나서는 반찬 투정을 해 본 기억이 없다. 무엇이든지 잘 먹는다. 맛 좋은 반찬이 상에 오르면 과식할 정도로 먹는다. 암 수술을 받고 나서도 음식을 가리지 않고 잘 먹었다. 대개 암 환자들은 먹지 못해 낭패를 당하는 경우가 많다. 지금도 6개월마다 진단을 받고 있으나 친구들과 어울리면 암 환자인 내가 잘 먹어서 그런지 피부가 좋고 식성도 참 좋다고들 한다.

2013년 11월 칠순 기념으로 아이들이 성지순례 크루즈 여행을 보내 주었다. 인천공항을 출발하여 밀라노를 거쳐 제노바에서 MSC 소속 Fantasia에 승선했다. 이 배는 13만여 톤으로 3천여 명의 승객을 유치할 수 있고, 천여 명이 넘는 종사자가 동승한다고 했다. 규모도 엄청났고 병원, 극장도 2곳이며, 오락 시설, 운동과 유흥장, 초보자를 위한 별도의 댄스 교습소, 기념품 가게, 휴게실과 수영장을 비롯하여 각종 운동시설, 사우나, Fitness Club 등 시설이 완벽하게 갖춰져 있어서 불편함이 전혀 없었다. 날마다 발행되는 신문은 일정과 그날그날의 이벤트 등 선내의 소개 등으로 모든 정보들이 집약되어 있다. 밤에는 항해하고 낮에는 종종 명승지에 기항해서 관광했다.

다만 기항(寄港) 시에는 공항에서 입출국 수속을 밟듯이 엄격하니까 늘 시간에 쫓겼고 최소 2시간 전에 도착하여 승선 절차를 마쳐야 한다. 며칠 항해하니 벌써 육지가 그리워지기도 했다. 그리스의 카타콜론에 입항하여 고대 올림픽 발상지와 제우스 신전도 보고, 지중해의 진주라고 하는 크레타섬도 둘러보았다. 기항지마다 노인들을 비롯하여 단기코스를 즐기는 젊은이 등 여행객도 많았고 그 지역에 사는 사람들은 참 편리하게 크루즈 여행을 즐길 수 있어서 좋게 보였다. 그리고 하이파 항에 정박한 뒤 성지 예루살렘, 나사렛, 갈릴리 바닷가에서 예수님이 잡수신 큰 생선구이도 맛보았다.

아쉬운 것 중의 하나는 예루살렘과 나사렛 등 성지에는 수많은 관광단체들이 서로 뒤엉켜 안내자의 해설 듣기도 어렵고 시간에 쫓겨 몇 장의 사진 찍는 걸로 만족해야 했다는 것이다. 성지순례는 충분한 시간을 갖고 전문 여행사를 통해 별도로 해야 제대로 그 취지를 살릴 수 있다고 생각했다. 시칠리아의 메세나 항구에 정박했고 건너편에는 에트나 화산도 보였다. 까만 화산재가 섬 여기저기에 쌓여 있는 것도 눈에 띈다. 마지막으로 치비타 베키아 항구에 정박해서 로마로 이동, 바티칸 시와 베드로 성당을 관광하고 배로 돌아와 하선 준비하기에 바빴다. 로마는 3번째 방문이었으나 구석구석 보려면 더 많은 시간이 필요하다.

여행 기간 내내 산해진미(山海珍味)의 음식을 끼니마다 맘껏 먹을 수 있어서 더없이 좋았다. 밤마다 각국 요리로 디너파티를 하고 나서도 나는 14층에 있는 레스토랑에 가서 지중해산 각종 과일로 또다시 배를 채웠다. 여행은 잘 먹고 건강해야 좋은 경치도 눈에 들어

오고, 웬만한 불만도 다 받아들일 수 있는 여유도 생긴다. 20세기 초반 그리스의 실존주의 작가 니코스 카잔차키스가 그의 묘비에 새긴 글귀는 두고두고 되새겨 볼 가치가 있다고 생각했다.

> "나는 아무것도 바라지 않는다(I hope for nothing).
> 나는 아무것도 두려워하지 않는다(I fear nothing).
> 나는 자유인이다(I am free)."

지금 최고의 행복을 누리고 있으니 바랄 것도, 잃을 것도 없고, 불안하지도 않으며, 죽음조차도 두렵지 않게 받아들이는 그의 외침은 내 가슴에 길게 여운을 남겨 주었다.

2주간의 여행을 마치고 귀국하니 2kg나 체중이 늘었다. 동행한 일행들에게 맘껏 먹고 귀국해서 다이어트하면 된다고 부추기기까지 했다.

6살 때 겪은 6·25전쟁으로 부모님 손잡고 피난길에 올랐을 때였다. 경북 신령이란 곳으로 기억된다. 할머니는 배고파하는 나를 데리고 어느 집에 들어가서 꽁보리 주먹밥을 얻어 주셔서 맛있게 먹던 생각이 났다. 소금물에 적신 주먹밥이지만 꿀맛이었다. 잠시 전쟁으로 처참했던 시절의 기억이 떠올랐다.

이렇게 호화로운 배를 타고 포식을 하게 되니 처참하게 못살고 굶주리던 옛 생각이 떠올랐다. 어떤 일이 있어도 우리나라는 선진국이 되어 모든 국민이 여유 있게 자유인이 되고, 풍족한 생활을 누리면서 못사는 국가를 도와주는 1등 국민이 되기를 간절히 기원한다.

아테네의 올림픽 경기장(올림픽 발상지)

아테네의 유적들

마. 추억의 브리즈번

보타닉 파크(Botanic Park)

지금쯤 UQ(University Queensland) 교정에는 호주의 벚꽃

보라색 '자카란다(Jacaranda)'가

그 자태를 뽐내고 있겠지.

2015년,

어머니를 여의고

울적한 마음을 달랠 길 없어

호주 브리즈번을 찾았다.

집을 렌트하여 식구와 함께한

3개월 남짓한 해외 생활.

망망대해(茫茫大海) 태평양, 인도양, 남극해로 둘러싸인 호주는

바다도 넓고 땅도 넓은 광활(廣闊)한 대륙 그 자체다.

퀸즐랜드의 주도 브리즈번은 아름다운 곳.

가끔 밤비가 내리지만 낮이면 푸르디푸른 하늘을

볼 수 있는 곳.

황금빛 모래가 끝없이 펼쳐진 골드 코스트 해변,

남쪽으로 더 내려가면 밀가루같이 희고 부드러운 모래사장,

주피터 호텔 18층에서 바라보는 골드 코스트 풍경,

집마다 강에 정박해 놓은 그 수많은 요트.

새벽이면 수많은 요터들이 요트를 저으면서 체력을 연마하고

1년 내내 피서지가 되는 그곳.

머리만 내놓고 온몸을 모래로 덮는 모래 샤워.

뜨거움도 잠시 잠깐 몸은 금방 적응한다.

약간의 중압감은 있으나

그래도 곧 푸근함을 느끼게 되며 적응한다.

저만치에는 선탠을 즐기는 아가씨 무리도 가끔 눈에 띄고

짙푸른 태평양 물결에 흰 파도를 타고 서핑을 즐기는 남녀 젊은이들.

서프보드(surfboard) 위에서 온갖 묘기를 보이다가도

바다는 그들을 삼켜 버리지만, 발목에 연결된 끈으로 또다시 서프
보드에 올라탄다.

일종의 도전 훈련이랄까.

빼어난 경관에 별장이 즐비하고 집마다 요트가 정박해 있는 누사
(Noosa).

바다와 산이 멋지게 조화를 이루고

수십 명의 행글라이더가 창공을 수놓으며

작은 치와와부터 송아지만큼 덩치가 큰 개들이 수영을 즐기는 곳.

이름 하여 개들의 수영장이라 나름대로 이름을 붙여 본다.

별별 구경거리가 호기심으로 가득 채워 주는 곳.

선샤인 코스트(Sunshine Coast)에는 요트가 쇼핑몰까지 드나들고
있으며,

시 월드(Sea World)에는 돌고래와 함께 사육사들이 온갖 재주로
관중들의 넋을 빼앗고,

커럼빈(Currumbin) 동물원엔 캥거루가 뛰놀며,

하루 20시간 이상 잠만 자는 코알라(Koala), 새 공원 양털 깎기 등은
신기롭기만 하다.

more Australia,

more Natural,

more Fun은 이 동물원이 지향하는 목표이다.

두 번의 골드 코스트 여행을 끝내고

Boynedale Street Carindale 보금자리로 복귀했다.

그러나 귀국을 앞둔 11월 초 어느 날 아침

기상하여 1시간 공원 산책을 하고 나서 귀가하니

이상한 분위기가 감지되었다.

간밤에 도난을 당한 것이다.

벽에 걸어 놓았던 바지가 보이지 않았다.

피해는 손가방, 선글라스, 지갑, 벨트,

그리고 해외여행 시 기록한 다이어리,

현금 480달러와 한화 5만 원 등.

불행 중 다행은 여권은 별도 보관했기에

귀국하는 데는 별 문제가 없으리라.

즉시 Police Beat(파출소)에 신고했더니

밤 10시경 경찰이 조사 나와 지문 채취한 뒤돌아갔다.

여행자 보험에 들었기에 나중에 귀국해서 현금 보상은 받을 수 있었다.

돈으로 살 수 없는 소중한 나의 기록물 다이어리는 영영 소식이 없었다.

호주에 이민 왔거나 장기 체류자에게 영어교육을 해 주는 힐송 교회(Hillsong Church), 주일마다 찾아 예배드리던 쿠퍼루 교회, 브리즈번 순복음 소망교회와 선샤인 코스트의 마루치도르 유나이팅 교회(Maroochidore Uniting Church) 등.

퀸즐랜드에 체류하면서 간 시 월드(Sea world), 탬버린 (Temberine Mountain) 국립공원, 팜비치(Palm Beach)와 쿨랑가타 (Coolangatta)의 모래사장 등은 잊을 수 없는 추억을 쌓은 곳이다.

사람들은 흔히 말한다.

호주는 심심한 천국이요,

한국은 재미있는 지옥이라고.

그래도 나는 한국이 훨씬 좋다.

바. 비전을 새롭게(사즉필생 : 死卽必生)

2019년 1월 현대경제연구원에서 글로벌 10대 트렌드를 발표하였다. 그중 6번째는 기존의 BM(Business Model)에서 벗어나라고 권한 것이다.

세상은 시시각각 변화하고 있고 경쟁 기반도 급속도로 재편되고 있다. 기후, 세태, 시장, 환경, 문화 등 변하지 않는 것이 없고 더욱 큰 특징은 그 변화의 속도가 빠르다는 것이다. 새로운 수익구조를 갖추는 BM 엑소더스(Exodus : 탈출) 현상이 심화되고 있다. 기존의 성공 모델로는 생존과 수익 창출이 보장되지 않는다. 변화하는 추세(Trend)에 편승하기 위해서는 기존의 성공방식, 습성, 전통 등 버릴 것은 과감히 버려야 살 수 있다. 사즉필생(死卽必生)을 염두에 두어야 한다. 이순신 장군의 유명한 사즉필생(死卽必生), 즉 죽기를 각오하면 반드시 산다는 말씀을 원용하고 싶다. AI(Artificial Intelligence)의 급속한 발전으로 기계가 인간의 지능을 능가하는 특이점(特異點)이 눈앞에 와 있다고 한다. 우리는 알파고와 알파 제로에서 이미 입증된 것을 경험했다. 빌 게이츠 MS 회장은 인간의 몸 안에 컴퓨터를 장착할 때가 곧 온단다. 모든 사람이 슈퍼맨이 된다는 것이다. 실로 두렵고 소름 끼치는 일이다.

따라서 인간도 살아남기 위해서는 변화에 동참해야 한다. 2~3억

년 동안 지구를 지배했던 공룡은 6,500만 년 전에 멸종했다. 3~5억 년 동안 살아온 바퀴벌레는 지금까지 생존해 오고 있다. 0.0005초 이내에 환경에 적용할 수 있는 능력을 갖추고 있다는 것이다. 인간도 변화에 적응하는 방법을 심각하게 고려해야만 할 때가 되었다.

우리나라가 처한 현실이 누구나 다 어렵다고 한다. 정치, 경제, 사회, 문화, 교육 등 총체적으로 어렵다. 그 어려운 이유는 선진국으로 진입하는 문턱에 있기 때문이다.

선진국의 특징은 첫째, 빈부의 격차가 커진다. 세계에서 부자가 제일 많고 또한 거지가 가장 많은 나라가 바로 미국이다. 둘째, 모든 기준이 글로벌 스탠다드에 맞게 적용된다는 데 있다. 날이면 날마다 싸우고 낡은 이념 경쟁이 우리를 낙담시키고 있다. 정치판과 지도자들이 발목을 잡고 있는 현실에 한숨이 절로 나온다. 공정한 경쟁과 투명성이 그 전제가 될 때 발전이 뒤따를 것이다. 셋째는 맞벌이를 해야만 살 수 있는 시대가 되었다. 투 잡을 가진 사람은 오래전 이야기고, 쓰리 잡, 포 잡을 가지는 것도 흔한 그런 세상이 곧 온다는 것이다. 넷째는 여성의 힘이 놀랄 정도로 신장되고 있다. 얼마 전 통계에 따르면 보임된 판사 92명 중 여성이 55명을 차지하고, 중·고교 새내기 교사의 경우 비율이 초등학교보다 높은 80%를 초과하고 있다. 신규 의사 중 여의사의 비율이 37.2%이며 전문 자격시험 26개 과목 중 9개 과의 수석을 여성이 차지했다. 우리의 할머니들은 예전에 부뚜막에서 식사를 하셨단다. 그것이 1940년경 이야기고, 1960년까지는 밥상 아래서 식사하시고, 1980년이 되어서 비로소 겸상(兼床)하게 되었다고 한다. 어느 세미나에서 듣고 생각을 더듬어 보니 그런 기억이 되살아났다. 격세지감(隔世之感)이 든다. 다섯째는 평균 수명이 늘어나고 있다. 초고령화(超高齡化) 사회에 들어가는 것이 시간문제인 것은 국민연금이나 건강보험공단 쪽에서 나오는 이야기를 들어 보면 심각한 수준인 것을 알 수 있다. 정권 차원에서 해결하기도 무척 어려운가 보다.

과거를 알고 현재를 알면 미래가 보인다고 했다. 내가 살아온 것을 되돌아보고, 현재 처한 상황을 알고 앞으로 남은 인생을 어떻게 맞이해야 할 것인가? 지금 곰곰이 생각해 보고자 한다. 나는 새로운 비전, 즉 꿈을 가져야 하겠다고 감히 제안하고자 한다.

헬렌 켈러는 "누가 이 세상에서 가장 불행한 사람인가? 시력(視力)은 있으나 비전이 없는 사람이다"라고 했다. 에디슨은 "나는 뒤돌아보지 않는다. 오직 앞만 보고 달린다"라고 했다. 나폴레옹도 "인류(人類)의 미래는 인간의 상상력과 비전에 달려 있다"라고 했다. 2002년 우리를 흥분의 도가니로 몰아넣었던 월드컵의 슬로건도 '꿈은 이루어진다'라고 하지 않았던가?

오랫동안 만나지 못하고 있다가 오랜만에 만나는 친구들도 몇 부류(部類)로 구분이 지어진다. 역발산기개세(力拔山氣蓋世)로 세상을 호령하던 친구가 세상에 주눅이 들어선지, 나이 때문인지는 몰라도 그 호쾌하던 기상은 보이지 않는다. 또 젊을 때 벌어 놓은 재물로 날이면 날마다 골프장과 피트니스 클럽을 오가며 외국까지 가서 즐기면서 노후를 보내고자 마음먹고 사는 친구도 여럿 있다. 그런 친구에게는 새로운 비전이란 보이지 않고 현실에 만족하며 안주하는 것으로 보인다. 반면에 아직도 자기가 소속된 분야에서 최고의 권위를 누리면서 국가와 민족을 위하여, 자기 자신을 위하여 열심히 적극적으로 사는 존경할 만한 친구도 여럿 있다. 그러나 그들에게도 은퇴의 시간이 차츰 다가오고 있고, 싫어도 그 시각은 다가오고야 마는 것을 어찌하랴!

쉬어 가는 코너 2

　하루살이와 메뚜기가 논에서 온종일 재미있게 놀았다. 저녁이 되어 날이 저물어 오자 메뚜기가 하루살이에게 이렇게 말했다. "얘, 이젠 날이 저물었으니 오늘은 그만 놀고 내일 또 놀자." 이 말을 들은 하루살이는 메뚜기의 말이 무슨 뜻인지 몰라 되물었다. "메뚝아, 내일이 뭐니? 어떻게 해서 내일 또 놀자고 하니?" 메뚜기는 잠시 후면 하늘에 별들이 반짝이고, 모든 동물이 다 잠들게 되는데 잠자는 이 밤이 지나면 내일이 온다고 일러 주었다. 그러나 하루살이는 내일을 이해하지 못했다. 오히려 메뚜기를 보고 날씨가 무더워서 정신이 이상해졌나 하고 생각했다.

　그 후 메뚜기는 개구리와 온 여름을 함께 놀고 지냈다. 가을이 오고 날씨가 차가워지자 개구리가 메뚜기에게 말했다. "메뚝아, 내년에 다시 만나서 놀자." 메뚜기는 개구리에게 내년이 뭐냐고 물었다. 개구리는 날씨가 추워지고 흰 눈이 온 땅을 뒤덮고 얼음이 꽁꽁 얼어 모든 개구리가 땅속에서 깊은 겨울잠을 자고 나면 다시 따뜻한 봄이 오는데 그때가 내년이라고 일러 주었다. 그러나 메뚜기는 그 말을 이해하지 못하여 믿지 않았다.

　하루살이는 내일을, 메뚜기는 내년을 믿지 않으려 한다. 그러나 그들이 믿지 않음에도 불구하고 내일이나 내년이 존재치 않는 것은 아니다. 그들이 믿지 않음에도 불구하고 내일이나 내년은 엄연히 존재하는 것이다.

내세나 하나님의 존재도 마찬가지다. 사람들이 그 세계를 경험하지 못하기 때문에 그 세계를 쉽게 믿으려 하지 않지만, 천국과 지옥은 확실히 존재하는 것이며, 천국에서 영원히 사는 것이 영생이요, 심판을 받고 불 속에서 영원히 허덕이는 것이 영벌인 것이다. 우리가 아무리 부인한다 해도, 그래서 믿지 않는다고 해도 엄연히 존재하는 것이다.

우리가 몇 살까지 살 수 있을까? 여러 가지 지표는 우리의 수명이 90세 이상까지는 연장될 수 있음을 보여 주고 있다. 몇 년 전만 하더라도 80을 살면 많이 산다고 생각했었다. 그렇다면 최소한 20년은 더 일을 할 수가 있다. 그러면 이 길고도 중요한 시간을 어떻게 하면 보람 있고 유익하게 보낼 것인가? 지금까지 회사에 들어가서 열심히 일한 기간과 거의 같은 세월이다. 얼마든지 무슨 일이든지 할 수 있다. 어떤 이는 우리 시대의 가장 큰 문제는 내일이 없다는 것이라고 했다. 물질, 첨단과학, 예술은 있으나 내일이 없다는 것이다. 내일이 없음으로 당하는 정신적 고통은 그 무엇으로도 보상되지 않는다.

이렇게 볼 때 마음만 먹으면 우리에게는 내일이 있다. 꿈과 비전을 만들어 보자. 어느 누가 말했는지 기억은 나지 않으나 "꿈을 꿀 수 있는 한 우리는 영원한 청년입니다. 꿈은 우리의 존재 이유입니다."라고 외치고 있다.

꿈을 찾는 방법은 내가 정말 간절히 갖고 싶은 것, 내가 정말 간절히 하고 싶은 것, 내가 정말 간절히 가고 싶은 곳, 그리고 내가 정말 간절히 되고 싶은 사람은 무엇인가? 이 네 가지를 구체화하는 액션 플랜을 문자화해 두고 자주 확인하는 것이다. 사진이나 그림 또는 시각화할 수 있다면 더욱 좋다.

자! 지금부터 새로운 비전을 가지자! 그리고 그 꿈을 이루어 보자![8]

---

8 《ROTC 6기 회보》, 2007. 1. 15 게재(揭載) 중 일부 원용

경계해야 할 것들

가. 걱정과 근심이라는 괴물

누구나 살면서
"나에게 혹시 어떤 불행이 닥친다면 어떻게 할까?"
걱정하고 고민해 본 적이 있을 것이다.
걱정과 고민 때문에 밤을 지새우고
몸과 마음이 아픈 적도 많았을 것이다.
그런데 시일이 지나고 나면
이런 걱정들이 대부분 기우에 지나지 않았음을 알고
피식 웃고 마는 경우가 있다.

공연한 걱정, 쓸데없는 걱정을 하는 사람들을 핀잔할 때
우리는 '기우'라는 말을 쓴다.
기우(杞憂) 또는 기인지우(杞人之憂)로 일어날 가능성이 매우 희
박한 일을 지나치게 걱정하고 두려워하는 행태를 가리키는 고사성
어다.

그에 대해 중국 고전인《열자》의 '천서' 편에 나오는
우화 한 토막을 소개해 본다.

어느 날 주 왕조 시대,

중국 황하 중부 유역 하남성에 속하는

아주 작은 나라 가운데 하나인 기(杞)나라에는

늘 쓸데없는 걱정을 하는 한 남자가 살고 있었다.

그는 날마다

하늘이 무너지고 땅이 꺼지면

몸 붙일 곳이 없을 거라며

걱정을 한 나머지 침식을 폐하고 말았다.

어느 날

그의 쓸데없는 걱정 이야기를 전해 들은

한 지혜로운 친구가 '저러다 죽지 않을까?'

걱정이 되어 그에게 찾아가 이렇게 말했다

"여보게 친구,

하늘은 기운이 쌓여서 된 것으로

기운이 없는 곳은 한 곳도 없다네.

우리가 몸을 움츠렸다 폈다 하는 것도,

숨을 쉬는 것도,

다 기운 속에서 하고 있는 것이라네.

그런데 무너질 게 뭐가 있겠는가?"

그러자 그 사람은

"하늘이 과연 기운으로 된 것이라면

하늘에 떠 있는

해와 달과 별들이 떨어질 수 있지 않겠는가?" 하고 물었다.

이에 친구는 "해와 달과 별들도 역시

기운이 쌓인 것으로

빛을 가지고 있는 것뿐이야.

설사 떨어진다 해도

그것이 사람을 상하게 하지는 못한다네."

라고 대답했다.

그 말을 듣고 그는 또 "그건 그렇다 치고

땅이 꺼지면 어떻게 하나?"

하고 질문하였다.

친구는 웃으면서 "땅은 쌓이고 쌓인 덩어리로 되어 있다네.

사방이 꽉 차 있어서 덩어리로 되어 있지 않은 곳이 없어.

사람이 걸어 다니고 뛰어놀고 하는 것도

종일 땅 위에서 하고 있지 않나.

그런데 어떻게 꺼질 수 있겠는가?"

라고 우주 만물의 이치를 자세히 설명해 주었다.

친구의 설득력 있는 말에

침식을 폐하고 누워 있던 걱정꾸러기는

꿈에서 깨어난 듯 기뻐하며 그제야 비로소 마음 놓고 식사를 했다.

간혹 이 고사에서 사람의 이름을 '우(憂)'로 오해하는 경우가 있으나 사실이 아니며, 우는 '근심 우(憂)'이다. 고사에 나온 사람의 이름은 전해지지 않는다. 기나라는 춘추시대에 존재한 소국 중 하나로, 비록 후세에는 이 고사로만 알려져 있지만, 당대에는 중국의 전설적인 왕조인 하나라의 자손들이 봉해졌다고 전해지는 역사 있는 곳이었다. 이 고사는 당대인들의 기나라에 대한 시선을 드러낸 것이기도 한데, 나라의 크기가 작고 망국의 후예이므로 약하고 불안정한 모습으로 그려 얕잡아 보았던 것이다. 비슷한 사례로 상나라(은나라)의 후예라 알려진 송나라에 대해서도 인식이 좋진 않았는지, 송나라를 배경으로 송양지인, 수주대토 같은 비하적 고사들이 존재하는 것을 알 수 있다.

절대로 이루어질 수 없는 일에

지나치게 걱정하는 것,

그래서 "걱정도 팔자"라고 한다.[9]

9 《열자(列子)》의 천서편(天瑞篇)에서 인용

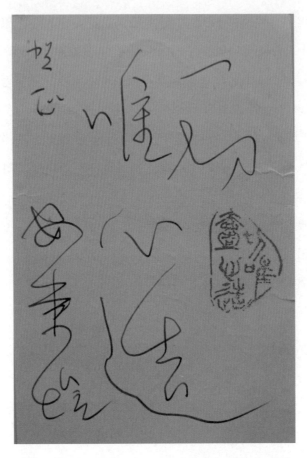

일체 유심조(一切 唯心造, 모든 일은 마음에 달려 있다).

좋은 예화가 있다.

어떤 관광객이 나이아가라 폭포의 장관에 감탄사를 연발하며

구경하다가 목이 말라 폭포의 물을 떠서 맛있게 마셨다.

"아, 물맛 좋네!" 하고 걸어 나오던 그는 폭포 옆에

'포이즌(POISON)'이라고 쓰여 있는 팻말을 보았다.

자신도 모르게 독 성분이 든 물을 마신 것이다.

아니나 다를까 배가 아파 오기 시작했다.

창자가 녹아내리는 것 같은 아픔을 느꼈다.

동료들과 함께 급히 병원에 달려가서 자초지종을 이야기하고 살려 달라고 했다.

그런데 상황을 전해 들은 의사는 껄껄 웃으면서

"포이즌은 영어로는 '독'이지만 프랑스어로는 '낚시 금지'란 말입니다.

별 이상이 없을 테니 돌아가셔도 됩니다."라고 말했다.

의사의 이 말 한 마디에 그렇게 아프던 배가 아무렇지도 않게 됐다.

이같이 내가 알고 있는 어떤 상식이나 믿음은

우리의 마음과 몸까지도 다스리고 지배한다.

나. 미라스무스(mirasmus)란 병

  일명 '자포자기병'이라고 한다. 포로들이 정신적인 독방에 갇혀 완전히 고립된 상태에서 저항력과 인내심을 잃고 극단적 절망에 빠지고 자포자기 상태에 빠지는 것을 말한다.

  1950년 6월 27일 미국의 한 여성 신문기자가 김포공항에 도착했다. 이틀 전 발발한 6·25전쟁을 취재하기 위해서였다. 그녀는 베를린 봉쇄사건 등 세계적 특종을 한 미국 《뉴욕 헤럴드 트리뷴》의 종군기자 마거릿 히긴스(Marguerite Higgins, 1920~1966). 그녀는 인천상륙작전 르포와 《한국전쟁(War in Korea)》 저술 등으로 여성으로서는 처음 퓰리처상을 받은 인물이다. 통영전투 승리를 "귀신도 때려잡는 해병(They might even capture the devil)"이라는 말을 통해 전세계에 한국 해병대의 신화를 최초로 알렸다. 그녀는 6·25전쟁에 종군하여 온갖 위험을 무릅쓰면서 전쟁 상황을 온 세계에 전했다.

  그녀가 미 해병대를 따라 최일선에 가 있던 때였다. 전세는 불리해지고 설상가상으로 강추위까지 덮쳐 와서 하는 수없이 후퇴를 단행하고 남쪽으로 내려오던 중이었다. 그런 와중에서도 끼니때가 되어 군데군데 자리를 잡고 앉아 통조림 한 통으로 점심을 때우는데, 어느 병사 하나가 유독 그 여기자의 시선을 끌었다. 오랫동안 면도를 하지 못한 턱수룩한 얼굴에 흙탕물까지 뒤집어써서 그야말로 꼴

이 말이 아니었다. 길게 자란 수염에는 고드름이 매달려 있고 옷도 얼어서 장작개비처럼 **빳빳**했다. 그런 몰골로도 살겠다고 통조림을 뜯어 요기하는 모습이 너무도 비참하여 가까이 다가가 봤다. 그렇다고 마땅하게 해 줄 말이 있는 것도 아니었다. 그저 이렇게 물어보았다. "만일 내가 하나님이어서 당신에게 소원을 묻는다면 지금 이 시간에 당신은 무엇을 바라겠습니까?" 병사는 눈을 감고 한참을 생각하다가 입을 열었다.

"Just give me tomorrow(나에게 내일을 달라)."

6·25전쟁 직후 미국의 윌리엄 E. 메이어 박사가 북한군에 포로로 잡혔던 1천여 명의 미군들로부터 수집한 증언에 따르면 미군 포로들이 담요를 머리에 뒤집어쓴 채 막사 구석에 홀로 쭈그리고 앉아서 이틀도 못 넘기고 38%가 죽어 갔다는 것이다. 규칙을 위반한 동료를 고발하면 담배를 주는 등 상호 불신을 조장하고, 편지가 오면 좋은 소식은 전해 주지 않고, 나쁜 소식만 전해 주니 포로들은 더 이상 살아야 할 이유를 찾지 못하고 절망에 빠진 채 죽어 갔다는 것이다. 포로수용소에서 이 끔찍한 심리전으로 상호신뢰, 존중, 관심, 포용력의 미묘한 균열을 조장하고, 삶의 이유를 찾을 수 없게 부정적 마음만 부추겨 희망을 송두리째 빼앗아 갔기 때문이었다. 희망을 버리는 것은 정신적 죽음에 이르는 것과 같다고 할 수 있다.

"너희 염려를 다 주께 맡겨 버려라 이는 저가 너희를 권

고하심이니라."(벧전 5:7)

"저희가 평온함을 이하여 기뻐하는 중에 여호와께서 저희를 소원의 항구로 인도하시는 도다."(시편 107:30)

다. 기업에 존재하는 네 가지 인재

기업의 경영자원은 ① 유형자원 ② 무형자원 ③ 인적자원으로 나눌 수 있다. 그중 인적자원은 훈련된 종업원과 그들이 보유한 기술 수준, 그들의 유연성이 기업의 능력을 결정한다. 인적자원은 다음과 같이 4종류로 분류된다.

1) 인재(人在) : 기업의 재고품. 소극적, 부정적, 수동적, 무용(無用)한 인재

- 상사의 지시나 조언이 없으면 일을 못 한다.
- 정해진 시간과 장소에 국한하여 생각하고 일하며 소정의 보수를 받는 것 이외에는 별다른 관심이 없는 소극적, 부정적, 수동적 태도
- 무위(無爲), 수동(受動), 보수(保守), 부정(否定), 미온적(微溫的)

2) 인재(人才) : 3M(3M : Materials, Manpower, Money) 중 평상시 재료(Materials)

- 적극적, 능동적이고 긍정적이며 자주적으로 생각하고 일하는 사람
- 정직하고 충실하며 안심하고 일을 맡길 수 있다.
- 자신을 가지고 헌신적으로 일한다.
- 어떠한 희생이라도 감수해 가면서 맡겨진 소임을 완수하고야 만다.

3) 인재(人財) : 인적자원(창조적, 정열적, 사업적, 부외자산)

- 적극적, 이지적(理智的), 정열적, 창조적, 사업적 기질
- 도전적, 위험부담을 안고 계산된 모험 감행
- 목표를 명확히 설정하여 생산적이며 실천으로 실적을 쌓음
- 자기 담당 분야에서 전문가가 되길 원하고, 자기 계발, 전문지를
  탐독하여 그 분야에서 최고의 상태 유지

4) 인재(人災) : 기업의 부채(백해무익함)

- 무능하고, 매사에 불평, 불만을 일삼는다.
- 비협조, 무관심, 방관하고 독선적인 사람
- 자신의 영달과 사리에 집착(執着), 업무는 적당주의, 요령주의,
  인간관계는 사대주의(事大主義), 기회주의

라. 얀테의 법칙[10]

'얀테'는 '보통 사람'이라는 뜻으로, '얀테의 법칙'은 '보통 사람의 법칙'이라고 말할 수 있다.

덴마크를 비롯한 스웨덴, 노르웨이, 핀란드 등 스칸디나비아 반도 사람들에게 내려온 전통적인 교육 규범이다.

얀테는 사실 덴마크 태생인 노르웨이 작가 악셀 산드모스(악셀 산드모세)가 1933년 발표한 소설에 나오는 가상의 마을을 다스리는 법칙이고, 덴마크가 스칸디나비아 여러 나라를 지배했을 때 이 생활 법칙이 여러 나라에 퍼졌다고 한다.

① You're not to think you are anything special.
　당신이 특별한 사람이라고 생각하지 마라.

② You're not to think you are as good as we are.
　당신이 다른 사람처럼 좋은 사람이라고 착각하지 마라.

....

10　서울시교육청 블로그 서울교육나침반(https://seouleducation.tistory.
　com/2157) 내용을 편집해서 옮김

③ You're not to think you are smarter than we are.

당신이 다른 사람보다 똑똑하다고 생각하지 마라.

④ You're not to convince yourself that you are better than we are.

당신이 다른 사람보다 더 잘났다고 확신하지 마라.

⑤ You're not to think you know more than we do.

당신이 다른 사람보다 더 많이 안다고 생각하지 마라.

⑥ You're not to think you are more important than we are.

당신이 다른 사람보다 더 중요하다고 생각하지 마라.

⑦ You're not to think you are good at anything.

당신이 무엇이든 잘한다고 생각하지 마라.

⑧ You're not to laugh at us.

다른 사람을 비웃지 마라.

⑨ You're not to think anyone cares about you.

누군가 당신에게 관심이 있다고 생각하지 마라.

⑩ You're not to think you can teach us anything.

다른 사람에게 어떤 것이든 가르치려 들지 마라.

⑪ Perhaps you don't think we know a few things about you?

당신에 대해서 다른 사람들이 모른다고 생각하지 마라.

마. 코이의 법칙

관상어 중에 '코이'라는 특이한 물고기가 있다. 코이는 작은 어항에서 기르면 5~8센티미터밖에 자라지 않지만, 커다란 수족관이나 연못에 넣어 두면 15~25센티미터까지 자라고, 강물에 방류하면 90~120센티미터까지도 성장한다. 같은 물고기지만 어항에서 기르면 피라미만 하게 자라고, 강물에 놓아두면 대어가 되는 신기한 물고기의 특성을 빗대 사람들은 '코이의 법칙'이라고 부른다.[11]

또한 《백세를 살고 보니》의 저자 김형석 연세대학교 명예교수는 그의 저서에서 60대부터 새롭게 출발을 잘해서 제2의 인생을 보람 있게 살 방법을 다음과 같이 제시하고 있다. 3가지 중 한 가지는 꼭 해야 한다는 것이다.

① 공부를 시작하라.
② 취미 활동을 새롭게 시작하라. 집중할 수 있으니까 성공 확률이 높다.
③ 무슨 일이든 하라. 봉사활동은 누구나 할 수 있다.

....

11 풍악서당 티스토리(wondong7125.tstory.com), 2023.7.10(Koi' Law, 17page)

99세까지 사는 동안 가장 행복했고, 인생의 가장 절정기는 75세부터 76세까지였고 노력 여하에 따라서는 90세까지 성장할 수 있다고 술회하고 있다.

지난 2월 11일, 오후 4시 본당에서 나는 제12회 강남시니어대학 졸업 예배에서 피영민 총장님으로부터 영예의 석사 학위증을 받고 벅찬 감격에 젖었다. 6명의 석사와 13명의 학사가 배출되는 축하의 예배 시간이었다. 졸업생 모두가 기뻐하며 하나님께 감사와 영광을 드렸다.

졸업하면서 특히 교회와 사회복지위원회에서 물심양면의 지원과 헌신을 아끼지 않으신 역대 위원장님들과 담당 선생님들, 궂은일을 도맡아 하신 곽신실 전도사님께 특별히 감사드린다.

뒤돌아보니 필자는 2011년 입학하여 2017년까지 춘풍추우(春風秋雨) 7년의 세월이 기쁨과 보람, 또 인고(忍苦) 기간의 연속이었다. 특히 모진 병마의 환란과 싸움에서도 소망을 하고 극복한 것 때문에 남다른 감회가 컸다.

우리 강남시니어대학은 매주 목요일 오전 11시 예배를 시작으로 건강과 행복의 노년을 보내는 방법, 특히 질병 예방법을 비롯하여 각종 병의 진단과 증세에 대해 유명 병원 의사 선생님들과 유명 대학 교수님들의 멋진 강의가 있었다. 또 사회 명사들의 경험과 노년에 들어서 원만한 인간관계 및 가족들과 유대를 돈독케 하는 제안은 물론이려니와 오후 시간에는 중국어, 일본어 등 외국어 교육도 수강할 수 있으며, 각종 악기 다루는 법과 음악, 댄스, 또 인터넷과 휴대폰 사용 방법 등, 기초과정부터 고급과정까지 개인지도를 받으면서 취미 생활을 맘껏 즐길 수 있다.

　스테판 폴란 교수는 "나이 먹는 것을 슬퍼하지 말라. 늙어 가는 것이 아니라 내적(內的) 성장을 이루면서 더욱 성숙해지는 것이다"라고 했다.

　또 나이가 드니 내 맘대로 활용할 수 있는 시간이 너무나 많다. 조직 생활을 하면서 일에 쫓기고 집중하고 전력투구하던 때와는 판이하다. 좀 더 넓은 세상을 보는 안목이 생겼고, 취미 생활은 물론이려니와 4차 산업혁명 시대에 맞춰 나가려면 부족한 분야를 채워 나가야 한다. 코이라는 비단잉어같이 넓은 세상을 마음껏 유영(遊泳)하다 보면 엄청난 성장이 뒤따를 것이다.

바. 내가 수혜자

회사가 서초동에 위치해 있을 때인 1996년경이었다. 5층 전체를 영업본부가 쓰고 있었다. 내가 사무실로 출근하면 어느 때부터인지 정확히 기억은 나지 않지만 웬 낯선 여자가 나의 비서 옆에 앉아 있는 것이 자주 눈에 띄었다. 낯이 서니 우리 회사 직원은 아닌 게 분명했다. 복장도 청결했고 매너도 그런대로 좋게 보였다. 어느 날 K 비서를 불러 자주 찾아오는 낯선 사람이 누구냐고 물어보니 근처에 있는 삼성생명 세일즈인데 보험을 들어 달라고 틈만 나면 들른다는 것이었다. 영업총수인 나는 보험 세일즈는 어떤 Sales talk를 하며 어떤 Skill과 Technique을 가지고 있는지 호기심도 생기고 해서 테스트해 보기로 마음먹고 있었다. 사장실에서 이사회를 마치고 내려오니 여느 때와 같이 그 세일즈가 앉아 있기에 내 방으로 불러서 세일을 해 보라고 주문했다. 그녀는 분위기에 압도되었는지 나에게 권유할 보험을 떠듬떠듬 이야기했다. 내가 들어야 할 보험을 잘 선택해서 자신이 있을 때 나에게 다시 세일을 해 보라고 그날은 돌려보냈다.

그로부터 3주 정도 지난 어느 날 정장을 하고 아주 밝은 표정으로 내 사무실에 들어왔다. 50대 초반인 내가 퇴직하면 매월 월급같이 받을 지급받을 종류가 있다고 열심히 권유했다. 만족할 만한 상품도 아니었고 당장 급한 것도 아니었다. 해서 별로 필요치 않다고 하면서 수고했으니 화장품 샘플을 챙겨 주라고 비서에게 지시했다. 그녀를 돌려보낸 뒤 가만히 생각해 보니 세일즈의 어려움을 잘 아는 나는 도와주고 싶은 마음도 생겼다. 내 부하들도 매일같이 거절당하고 내가 교육 담당 시절 약국이나 병원에서 거절당하여 실적도 시원치 않고 해서 세일즈 가방을 들고 부산 영도다리 위에서 기분이 언짢아 강물에 뛰어내리고 싶더라는 병원 세일즈의 경험담을 들은 적도 있었다, 대학교를 졸업하고 오란씨 유니폼을 입고 명동에서 등짐을 지고 가는데 자기 여자친구를 만나 순간적인 당황함에 짊어지고 있던 지고 있던 캐리어 중 한 박스를 바닥에 떨어뜨려 병이 깨지고 해서 창피를 당하는 일 등이 Case study를 통해 흔히 듣는 일상사였다. 거절 극복을 위한 기법을 주요 과목으로 넣어 판매는 거절을 당하는 것으로부터 시작된다는 기본을 중점을 두고 많이 시킨 기억이 났다.

업종에 따라 다르지만 보험이나 북 세일즈맨은 5~7번 거절당한 뒤 계약되는 성공률이 10%나 되는 통계를 본 적도 있다. 중요한 것은 이 10%의 고객이 80%의 실적을 올린다는 것이다. 우여곡절 끝에 그녀가 다시 내 방을 찾게 되고 열심히 하는 그녀의 열정에 정도 생겼다. 일시불로 했을 때와 월납하는 경우를 따져 본 뒤 그다음 주에 계약해 주기로 약속하고 돌려보냈다. 통장을 보니 여유도 있고 하여 2천만 원을 일시불로 들어 주기로 하고 전화로 통보해 주었다. 계약 당일 그녀의 소속 담당 소장이 함께 꽃다발을 들고 내 사무실로 방문했다. 계약은 순조롭게 완료하고 소장이 고맙다고 연신 감사함을 표시했다. 담당 세일즈는 그로부터 성공 사례 발표에 자주 나간다는 말도 들렸다. 비록 큰 성공 사례는 아니었지만 그런대로 보람을 준

사례가 되었다고 생각되었고 그 후 작은 금액의 종목을 하나 더 가입해 주었다.

1997년, 하루아침에 실업자가 되고 현역에서 이루지 못한 꿈을 펼쳐 보려고 경험도 없이 H 아동복 회사 사장(뒤늦게 안 바지사장)으로 입사했다. 성실하게 집을 장만하고 저축했던 모든 것을 걸었으나 곧바로 기업 사기꾼에 걸려들어 일시에 다 날려 버리고 빈털터리가 되었다, 집은 풍비박산이 되었고 이산가족이 되는 우여곡절을 겪기도 하였다. 여기에 대한 우여곡절은 나의 저서 《898스토리》에서 나와 있듯이 명성 있고 친한 친구 박 변호사의 도움을 많이 받아 현재와 같이 재기할 수 있었다. 따라서 지금 생각해 보니 그때 더블찬스 연금보험을 가입시켜 준 강복주 삼성생명 세일즈가 당시에는 내가 갑의 위치로 도와준 것 같았으나 지금은 오히려 내가 그녀에게로부터 크게 도움 받았고 앞으로도 평생 월급같이 받게 될 것이다. 나이 들고 받는 국민연금과 이 더블찬스 연금보험이 나에게 이렇게 큰 도움이 될 줄은 나도 복주도 예상을 했겠는가? 내가 수혜자가 된 사연이다. 거의 27년 전의 일이고 지금은 연락도 두절되었으나 언젠가 만나게 되면 크게 한번 대접해야겠다.

쉬어 가는 코너 3

영국 속담에 "세상에서 가장 강력한 힘은 희망이고, 가장 절망적인 것은 희망을 잃어버리는 것"이란 말이 있다. (나짐 히크메트)

랍비 아키바 선생님이 여행 중이었다.

그는 나귀 한 마리와 개 한 마리, 그리고 작은 등불 하나를 가지고 있었다.

날이 저물자 그는 헛간을 발견하여 그곳에 여장을 풀었다.

잠이 들기에는 아직 이른 시간이라 등불을 켜고 책을 읽는데 바람이 불어와 등불이 꺼져서 할 수 없이 잠을 청했다.

그날 밤 여우가 와서 그의 개를 물어 죽였다.

사자도 와서 그의 나귀까지 물어 죽였다.

날이 밝자 그는 등불 하나만을 가진 채 터벅터벅 길을 떠났다.

그런데 마을에는 사람의 그림자는커녕 개미 새끼 한 마리도 보이지 않았다.

알고 보니 전날 밤에 도적떼가 그 마을을 습격하여 파괴와 약탈, 살인을 자행한 것이다. 마을 사람은 한 사람도 남은 사람이 없었다.

만일 어젯밤에 등불이 바람에 꺼지지 않았다면 아마도 도적떼에게 발견되어 죽었을 것이다.

그리고 여우가 개를 죽이지 않았다면 개가 짖어서 역시 도적떼를 부르게 되어 아키바는 죽었을 것이다.

또한 사자가 나귀를 죽이지 않았다면 나귀가 소란을 피워서 역시 아키바는 도적떼에게 죽었을 것이다.

결국 그가 살아남은 것은 그 세 가지 불행처럼 보이는 일들 때문이었다.

그래서 그는 깨달았다.

"아무리 어려운 상황이라도 생각하기에 따라 다 다르다. 살짝 뒤집어서 보면, 그 위기(危機)는 호기(好期)일 수가 있다.

희망을 가져야 한다. 매사를 긍정으로 보고 부정으로 보지 마라. 지금은 불행처럼 보이지만, 조금만 지나면 그 불행스러운 일이 행운을 가져다주는 일이 될 수도 있다."

희망이 있다고 믿는 사람에게는 희망이 있고, 희망 같은 것은 없다고 생각하는 사람에게는 실제로도 희망은 없다.

서양에 '마지막 웃는 자가 진실로 웃는 자다'라는 속담이 있다. 사람이 살아가면서 인생 초반, 중반을 지나도 계속 실패하고 실수하여 허물을 범하다가 종반에 들어서야 그간에 쌓은 실패의 경험이 디딤돌이 되어 멋진 성공을 올리는 경우를 얘기한다. 바로 그간의 실패를 거울삼아 인생을 멋있게 뒤집는 경우이다. 그런 삶이 야구로 비유하자면 바로 9회 말 2사 후 홈런을 쳐서 역전승하게 되는 경우와 같다.

7

:::::::::::::

나라 사랑

가. 민족혼(民族魂)을 일깨운 도산 안창호[12]

선생에 대하여 너무나 많이 알려져 있기 때문에 여기서는 간단한 일화 한 토막을 소개하고자 한다.

도산은 17살 때(1894년) 평양에 갔다. 그 당시 평양은 청일전쟁(淸日戰爭)의 수라장을 이루고 있었다. 많은 사람이 죽고 가족이 파괴되었다. 17세의 다정다감(多情多感)한 소년 도산은 전쟁의 참상을 직접 목격하고 마음속에 큰 의문을 품게 된다. 일본과 청국이 싸우려면 일본에서 싸우거나 청국에서 싸울 일이지, 왜 한국 땅에 마음대로 들어와서 싸우는가? 왜 한국이 청일 전쟁의 비참한 싸움터가 되었는가?

일본과 청나라가 마음대로 우리나라에 들어와 싸우는 것은 우리에게 힘이 없는 까닭이라고 여기게 되었다.

세상의 모든 일은 힘이다. 힘이 적으면 적게 이루고, 힘이 크면, 크게 이루며, 만일 힘이 도무지 없으면 일은 하나도 이룰 수 없다. 그러므로 누구든지 자기의 목적을 달성하려는 자는 먼저 그 힘을 찾을 것이다. 만일에 힘을 떠나서 목적을 달성하겠다는 것은 너무나 공상

....

12 Smile, 선각자 도산 안창호 선생님의 일화(blog.naver.com/ad1268/221408454780), 2018.11.29; 안병욱, 《도산 사상》, 삼육출판사, 1972.12.5

(空想)이다.

일은 힘의 산물(産物)이라는 도산의 명제(命題)는 움직일 수 없는 명백한 진리다.

우리는 이 진리를 굳게 믿고 힘을 기르고 힘을 준비하는 일에 성실과 노력을 다하자고 도산(島山)은 말한다. 1913년 5월 13일 도산이 36세 때 조직한 것이 바로 흥사단(興士團)이다. 그리고 힘을 기르는 일에 앞장을 서려는 운동이 흥사단(興士團) 운동이다. 국력 배양만이 우리의 살 길이라고 도산은 외쳤다. 또한 진실한 크리스천이었던 안창호는 조국의 암담한 현실이 국민 교육이 제대로 이루어지지를 않아 일어난 일로 보았다. 조선 동포들이 본래는 영민하고 근면하고 인정 많은 국민들이었으나 어리석은 지도자들을 만나 교육을 제대로 받지를 못하고 있기에 이민족(異民族)의 침략 앞에서 무너져 가는 것이라 생각하였다.

그래서 겨레의 살 길은 오로지 한 길, 국민 교육을 통하여 민족의 기운을 돋워 주어야 한다는 생각이었다. 우리 국민들이 바른 지도력 밑에서 올바른 교육을 받게 된다면 어두운 역사를 극복하고 외세에 시달림을 벗어나 자주 독립하는 국가를 세워 나갈 수 있을 것이라 확신하였다. 국민정신을 일깨우고 국민 각자가 지닌 창의력을 북돋워 준다면 망해 가는 역사를 일으켜 세울 수 있을 것이란 확신을 품었다. 그는 이렇게 말했다.

"청년들이여, 일은 힘의 산물이라는 것을 확실히 믿는가? 힘은 건전(健全)한 인격과 공고(鞏固)한 단결에서 난다는 것을 나는 확실히 믿는다."

그러므로 인격훈련과 단결 훈련 이 두 가지를 청년들에게 요구했
다. 도산은 공고한 단결이란 말 대신에 신성한 단체라고도 하였고,
신성한 단결이라고도 표현하였다.

그래서 25세 나이 때에 당시 교육 선진국인 미국으로 가서 선진 교
육을 배워 조선 민중들을 깨워야겠다는 일념을 품고 미국 유학길에
올랐다. 두 달에 걸쳐 배를 타고 미국 샌프란시스코 항에 도착한 그
는 숙소를 정한 후 시내를 한 바퀴 돌아보다, 조선의 인삼 장사꾼 둘
이 상투를 거머쥐고 마치 개싸움 하듯이 싸우고 있는 장면을 보게 되
었다. 백인들이 진기한 구경거리로 알아 박수를 치며 싸움을 즐기고
있는 모습을 보고는 눈물을 흘리며 싸움을 말렸다. 그런 경험을 통하
여 민중에 대한 교육이 얼마나 중요한지를 뼛속 깊이 절감하였다.

도산 선생이 로스앤젤레스 부근의 리버사이드 지역으로 옮겨 동
포들을 위하여 일할 때다. 그 지역은 오렌지 밭이 끝없이 이어지는
지역이었다. 조선 노동자들이 밀감 밭에서 일하며 일당을 받아 살고
있었다. 그런데 주말마다 노임을 받으면 술 마시고 도박하여 탕진하
곤 하였다. 그리고 다음 주에는 통보도 없이 결근하곤 하여 조선 노
동자들에 대한 인식이 극도로 나빴다.

도산은 노동자들 한 사람, 한 사람을 찾아다니며 설득하였다. "오
렌지 하나를 딸 때마다 독립 운동하는 마음으로 땁시다"라고 설득

하였다. 도박판을 찾아다니며 호소하였다. "조국은 일본 제국주의의 종노릇하게 되었는데 우리가 문명국에 와서 배워서 조국을 독립할 생각을 하여야지 이렇게 술로 도박으로 살아선 안 됩니다"고 호소하였다. 도산에 대한 여러 가지 일화는 우리나라 철학계의 태두이신 안병욱 교수로부터 전해 들은 이야기가 많다. 교육 담당 시절부터 쌓은 친분으로 언제든지 만나서 조언을 들을 수 있는 그런 사이가 되었다. 안 교수가 도산 선생에 대해서 나에게 전달한 내용은 감명 깊은 말들이 참으로 많았다. 그중 대표적인 말은 "아는 것이 힘이다. 배워야 산다", "살려면 정직하고 부지런해야 한다", "빼앗은 자도 나쁘지만 빼앗긴 자도 나쁘다", "충성은 믿음에서 나오고 믿음은 정직으로 연결된다", "일해서 건강해지고 건강해서 일한다" 등이다.

그는 한국 국민을 무엇보다도 서로 뭉치는 민족으로 만들려고 하였다. 그는 단결의 선수였고 합동의 천재였다. 그가 가는 곳마다 분열이 합동으로 변했고, 파쟁이 단결로 변하였다. 싸움이 사랑으로 바뀌었다.

동포들이 처음엔 선생을 구타하고 피하고 욕을 퍼붓고 하더니 세월이 흐르니 도산 선생의 진정에 감동되어 생활에 변화가 일어났다. 이런 모습을 지켜본 백인 사장이 도산에게 2만 불을 주며 조선인들을 돕고 싶다 하였다. 도산은 그 돈으로 회관을 얻어 저녁에 모여 영어 공부하고 조선 역사를 공부하고 주일이면 예배처로 사용하였다.

중요한 것은 그 돈 2만 달러를 한 달 만에 다 갚았다는 것이다. 노동자들 사이에 자각이 일어나 헌금하여 모두 갚게 된 것이다. 그때나 지금이나 백성들은 좋은 지도자를 만나 바른 교육을 받으면 변화하게 된다. 그래서 국민 교육이 중요하다. 안창호 선생의 감화를 받은 조선 노동자들이 상해 임시정부에 기부금을 보냈다. 기부금이 많을 때는 상해 임시정부의 월비용의 삼 분의 이를 충당할 정도였다. 또한 선생은 강연이 끝날 때면 반드시 치르는 절차가 있었다. 청중 모두가 일어나 오른손 주먹을 굳게 쥐고 3차례 "나가자!"라고 합창하곤 하였다. 도산 선생은 이를 선창하기 전에 먼저 그 의미를 설명하였다.

'나가자'는 나라와 가정과 자신을 줄인 말임을 설명하시고는 먼저 자주 독립하는 나라를 앞에 세우고, 그다음 건강하고 행복한 가정을 세우고, 마지막으로 자신을 세우자는 뜻으로 '나가자'라는 구호를 힘 있게 합창하는 것이라고 설명하였다.

나. 박정희 대통령의 유시(諭示)[13]
- 제2기 학도군사훈련생(ROTC) 임관식

第2期 學徒軍事訓練生 任官式

諭 示

1964年 2月 22日

親愛하는 第2期 學徒軍事訓練團出身 任官將校 여러분!

오늘 나는 深奧한 學究의 搖籃 속에서도 2年間이란 苦된 軍事訓練課程을 끝마치고 陸軍將校의 榮譽를 지니게 된 諸君들의 凜凜한 모습을 대하게 된 것을 매우 기쁘게 생각하는 바입니다.

아울러 希望과 瑞氣에 찬 오늘의 諸君을 訓導하고 育成함에 온갖 精誠을 기울여 온 學父兄, 敎授, 敎官 여러분에게도 衷心으로 感謝와 慶賀의 뜻을 表하는 바입니다.

돌이켜 보건데 오늘 螢雪의 功과 鍊武의 열매가 빛나 任官의 榮譽를 지니기까지 諸君들이 걸어온 길이 결코 順坦치 않았던 荊棘의 길이었음을 나는 잘 알고 있읍니다. 10代의 철부지로 6·25의 戰亂에 시달렸고, 4·19의 革命에 뒤이은 5·16의 軍事革命等 實로 未曾有의 激動 속에서 學業을 持續해야 했던 不遇한 環境을 나는 回想하지 않을 수 없기 때문입니다.

그러나, 오늘의 거름이 반드시 來日의 열매를 期約하는 天理에 비추어볼 때, 諸君들이 겪어온 뼈저린 勞苦는 諸君들의 光輝있는 前途를 무엇보다도 굳게 約束하는 唯一한 金字塔임을 나는 確信해 마지않습니다.

親愛하는 任官將校 여러분!

우리는 지금 一面 軍事力增强과 一面 經濟再建이라는 二律背反的인 艱難에 處하여 있고 累積된 傳來의 고질을 더욱 果敢히 치유시켜 나아가야 할 重且大한 轉換期에 直面하고 있는 것입니다.

따라서 오늘의 現實이 有能한 新世代의 出現을 過去 어느 때보다도 切實히 要請

13 《박정희 대통령 연설문집 제1집》, 1963.12~1964.12, 239~241p

하고 있음에 비추어 至今 여러분과 같은 훌륭한 熱血靑年將校들을 輩出 하게 되는 이 뜻깊은 일은 非單 陸軍뿐만 아니라 實로 國家的인 큰 慶事가 아닐 수 없습니다.

이제 여러분은 오늘의 榮光과 더불어 배움의 搖籃地를 떠남에 있어 限없이 무거운 짐이 負荷되는 것입니다. 온갖 忠誠을 다 바쳐야 할 내 祖國! 渾身의 努力과 힘을 다하여 防衛해야 할 내 國土! 그리고 때로는 목숨마저 바쳐 守護해야 할 내 民族이 바로 그것입니다. 여러분의 躍動하는 젊음도 修鍊된 知識도 불타는 情熱도 모두 이 至上의 命題를 爲하여 集中되고 發揮되어야 하며 온갖 判斷과 行動도 바로 여기에 根幹을 두어야 하는 것입니다.

나는 오늘 온 겨레가 보내는 뜨거운 聲援과 크나큰 期待 속에 부풀어 오른 새 希望과 抱負와 그리고 피끓는 意慾을 안고 힘찬 새 出發을 다짐하는 여러분들에게 다음 몇 가지를 懇曲히 당부하면서 激勵의 膳物로 代身하고자 하는 바입니다.

무엇보다도 將校는 愛國忠誠의 標本이 되어야 하겠습니다. 우리는 일찌기 나라 없는 百姓의 설움을 누구보다도 뼈저리게 體驗해 왔고 國民의 忠誠心이 아쉬웠던 國家의 末路를 똑똑히 目擊하여 왔습니다.

여러분은 시들어져 가는 國運을 바로잡기 爲해 奮然히 蹶起했던 4月革命의 主人公인 것입니다. 여러분이 가슴깊이 간직한 愛國의 衷情과 울분을 이 나라를 爲해 분출시켜야 할 時機는 바로 이제부터 始作되는 것입니다. 軍의 任務는 再言할 必要도 없이 國土를 防衛하고 民族을 守護함을 그 唯一한 使命으로 삼을진대, 生命을 鴻毛에 비겨 義를 살리며 恒時 旺盛한 責任觀念으로 萬難을 排除하고 克服할 수 있는 軍의 根幹이 되어야 하겠습니다.

다음으로 여러분들은 「努力하는 將校」가 되어야 하겠습니다. 不斷한 知識의 연마와 德性의 涵養으로 새로운 科學技術의 흡수와 그 適用에 온갖 情熱을 기울여 恒時 創意的이고 進取的인 識見으로 他의 模範이 되어 나갈 때 上下의 信望은 한결같이 敦篤해질 것이며 國民의 信賴는 더욱 두터워질 것입니다.

親愛하는 任官將校 여러분!

여러분은 이 社會의 不遇한 與件下에서도 不屈의 意志로써 學業의 길에 충실하였을 뿐만 아니라 學業成績, 知能, 健康 等 모든 部面에서 數次에 걸친 嚴選으로 발된 有能한 일군인 것입니다.

여러분의 先輩들은 이미 昨年에 任官되어 前後方 到處에서 各己 負荷된 職分을 誠實히 遂行하고 있고 刮目할 만한 服務成績을 올리고 있다는 報告에 接하여 나는 이 學徒軍事訓鍊團制度가 보람 있게 實效를 거두게 된 것을 매우 기쁘게 生覺해 마지 않습니다. 學園에서 軍門으로 直結되는 이 學徒軍事訓鍊團의 制度는 確實히 우리 國防力增强에 있어서 큰 힘이라 아니할 수 없으며 또 軍의 發展을 爲한 새로운 契機가 되는 것이라 아니할 수 없습니다.

學窓에서 오직 眞理의 探究에 專心, 卒業의 榮光을 차지한 젊은 知性人 여러분을 맞이한 이 나라 國軍의 앞날에 우리는 벅찬 希望과 기대를 걸고 있으며 한편 믿음직스러운 마음 禁할 길 없읍니다.

아무쪼록 一線指揮官으로서 여러분은 「열」과 「사랑」으로써 部下를 統率하며, 學園에서 함양한 技術과 力量을 最大限 發揮하여 軍의 質的 向上과 國防力增强에 多大한 공헌을 남겨줄 것을 심심 付託드리는 바입니다.

끝으로 來日의 힘찬 出發을 爲해 굳은 決意를 다짐하는 오늘 이 時刻이야말로 諸君들 將來의 幸福과 榮光을 期約하는 嚴肅한 契期가 될 것을 다시한번 强調하면서 諸君들의 앞날에 부디 武運과 健勝 있기를 祝願합니다.

여러분의 健鬪를 빕니다.

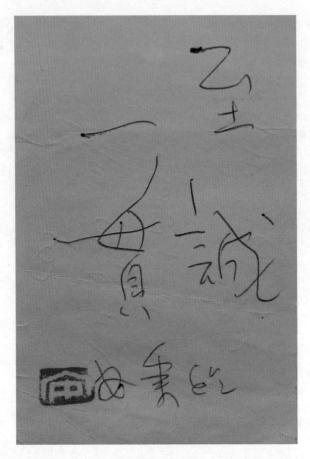

지성일관(至誠一貫)

: "진정한 민주주의 사회를 이룩하기 위하여, 자손만대에 누를 끼치는

못난 조상이 되지 않기 위하여 우리는 지성일관 용왕매진(勇往邁進)하자"라고

적혀 있는데 우리는 미래에 못난 조상이 되지 않기 위해 노력하고 있나…[14]

. . . .

14 두떵, 2023년 3월 일기

다. 조국간성과 ROTC

전국 ROTC 자치회장 좌담회를 마치고 이 회를 주관하신 선배님들과 함께.
후보생 이우영(101), 임한수(102), 박정태(111) 등 9명.
뒷줄 왼편에서 4번째 필자 강영구(121).
• 때 : 1967년 9월 5일
• 곳 : 전국 ROTC 동우회
• 참석자 : 1기 이태욱, 오수웅, 3기 안효영
• 사회 : 3기 박훈

라. 조국간성(祖國干城)!

이 신문은 1967년 10월 15일에 발간되었다. 121학훈단 2년 차 후보생으로 전국 ROTC 자치회장 모임에 참가했고 이를 바탕으로 발간한 창간호이다. 선배님들이 주선하여 주신 자리이고 지금 ROTC 중앙회의 모태(母胎)가 되었다. 당시 1기 선배님들은 대기업의 초급 간부에 불과했다. '祖國干城'은 민태식 박사의 휘호(揮毫)이다. 이 네 글자는 팔순을 앞두고 있는 우리들의 자부심이고, 지금도 나의 가슴을 뛰게 한다.

괴뢰(傀儡)들의 남침으로 조국강산이 초토화된 이 나라를 우리의 앞 세대들이 조국 근대화의 기틀을 닦았고, 바로 뒤를 이어 우리가 국가 재건에 앞장서 5대양 6대주를 누비면서 세계가 부러워하는 경제 강국 건설을 위해 불철주야 일하던 때가 어제같이 새롭다.

지금은 세계가 인정하는 선진국이지만 십수 년 전 조금만 더 잘하면 세계가 부러워하는 선진 강국 대열에 합류하는 시점을 앞당길 수 있었다. 그 결과는 참담(慘憺)했다. 피땀 흘려 이룩한 시장경제와 자유민주 체제가 뿌리째 흔들리고 조국의 미래가 백척간두(百尺竿頭)에 처하는 위기국면에 이르게 된 적도 있었다.

《명심보감(明心寶鑑)》존심편(存心篇)에 다음과 같은 말이 나온다.

"念念要如臨戰日 心心常似過橋時."
(생각하는 것은 항상 싸움터에 나아갔을 때와 같이 하고 마음은 언제나 돌다리를 건널 때와 같이 조심해야 하느니라.)

날이면 날마다 영일(寧日) 없이 싸움과 갈등을 일삼는 정치판을 보면 조국의 앞날이 걱정된다. 선진국 문턱에서 나락(奈落)으로 떨어진 몇몇 나라들을 보면서도 지도자다운 지도자가 보이지 않는다. 조국을 지키는 든든한 간성(干城)들이 하루빨리 국가 지도그룹을 형성하게 되기를 학수고대(鶴首苦待)한다.

자유민주주의 만세!
시장경제 만세!
위대한 조국 대한민국 만세!

마. 어떻게 살 것인가?

어떻게 살것인가?

지금은 3S의 시대라 한다. 즉 Sport(Speed), Screen, sex가 그것이다. 세상이 온통 이 3S의 지배에 누구나 알게 모르게 빠져있다.

어떤 세미나에 갔더니 강사가 요즘 외로운 노인, 주부, 젊은 이들 삶이 TV와 함께 하는 사람이 너무 많으며 TV넘이 주무셔야 그제야 잠이 드신 다고 하는 웃지 못할 이야기를 실감 나게 들은 적이 있다.

우리는 이런 TV를 보면서 수많은 사람들의 희로애락을 보고 살면서 문득 문득 인생에 대해 생각해 보는 것은 나만의 생각일까? 얼마 전에 선종(善 -강영구 사무처장- 終)하신 요한 바오로 2세와 같이 온 세계가 슬퍼하고 안타까워하는 죽음이 있는가 하면 죽으면서도 사람들의 저주를 받는 테러범, 무고한 사람을 죽이고 자살 해 버리는 인질 범등 온갖 죽음을 볼 때 새삼 인생이 무엇인지 되돌아보게 한다.

인생이 무엇인가? 라는 이 물음은 반드시 해결해야만 하는 근본적인 문제이다. 이 엄청난 물음에 수많은 철학자들이 온갖 말을 하고 있지만, 누구도 가 본적이 없는 이 길을 우리는 가고 있는 것이다. 두렵고 불안하지 않을수 없다. 이 물음에 대하여 어느 누구에게서도 명쾌한 답을 구할 수 없고 우리는 오직 창조주이신 하나님이 성경에서 하신 말씀으로 그 해답을 찾을 수밖에 없다.

첫째, "모든 육체는 풀과 같고, 그 모든 영광이 풀의 꽃과 같으니 풀은 마르고 꽃은 떨어진다"고 하여 인생의 한시성과 허무함을 일깨워 주시고 있다.

둘째, "너희 생명이 무엇이뇨 잠깐 보이다 없어지는 안개니라"하셨고

셋째, "...너희의 나그네로 있을 때를 두려움으로 지내라"하고 경계의 말씀을 하고 계신다.

넷째, "한 번 죽는 것은 사람에게 정한 것이요 그 후에는 심판이 있다"고 하셨다.

로랭(1600~1682)이라는 철학자는 '인생에게는 왕복 차표를 발행하지 않는다'고 했다.

"오늘의 문제는 싸우는 것이요, 내일의 문제는 이기는 것이요, 모든 날의 문제는 죽는 것이다". 라고 빅톨 유고는 '레미제라블'에서 외쳤다.

전한(前漢)말의 학자 유향(劉向)이 지은 열녀전(烈女傳)에서 비롯된 맹모삼천지교(孟母三遷 之敎)에도 우리에게 시사하는 바가 크다. 첫째, 환경의 중요성 때문에 이사(移徙)를 세번 다니면서 아들 맹자에게 산교육을 시킨 것이다. 맨 먼저 이사 간 곳은 공동묘지 근처였다. 맹자 는 매일 보고 듣는 것이 사람의 죽음에 관한 것이었다. 인생은 죽고야 만다는 것을 깨닫게 하고 있음을 우리는 보고 있다. 우리가 문상(問喪) 다니면서 여러가지 느끼지만 그 중 하나는 결국 이렇게 살다 죽게 되는 것이니 겸손하게 살아야 된다는 것을 다시 한번 생각게 한다.

죽음 앞에는 돈, 명예, 권력, 사랑 모든 것이 헛되고 헛된 것이라고 솔로몬은 전도서에서 노래했다. 그래서 "초상집에 가는 것이 잔치 집에 가는 것보다 나으니...지혜자의 마음은 초상집에 있으되 우매(愚昧)자의 마음은 연락(宴樂)하는 집에 있느니라"고했다. 후회 없는 삶이 무엇인지 어떻게 사는 것이 멋진 인생이 되는 것인지? 영생을 얻기위해 내가 하나님을 믿고 순종하는 이유가 바로 여기에 있다.

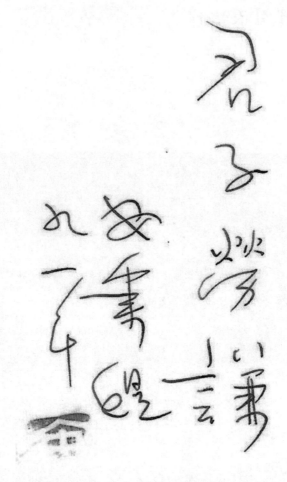

군자노겸(君子勞謙)

: 학식(學識)과 덕행(德行)이 높은 사람은 공로를 많이 세우고도

그것을 자랑하지 않는다.

바. 섬김에 숨겨진 축복[15]

오래 전 일본의 어느 대학교에서 있었던 일이다. 이곳에서는 영국, 독일, 프랑스, 한국, 일본, 미국 등 나라별로 화장실을 사용했는데, 중국인이 사용하는 화장실이 가장 더러웠다. 그래서 매주 실시하는 검사에서 중국인 화장실이 늘 지적을 당했다. 그런데 다음 해인 1907년이 되자, 놀랍게도 중국인 화장실이 제일 깨끗하였다.

어느 늦은 밤이었다.

총장이 학교를 둘러보게 되었는데, 어둠 속에서 불이 켜져 있는 방이 하나 있었다. 불이 켜진 방을 보면서 총장은 '늦은 밤까지 열심히 공부하는 학생이 있구나' 생각했다. 잠시 후, 방문이 열리면서 한 학생이 대야에 걸레와 비누, 수건을 담아 중국인 화장실 쪽으로 가더니 열심히 청소하기 시작했다.

그 모습을 지켜보던 총장이 학생을 불렀다.

"학생!"

"예! 총장님."

"학생이 매일 밤마다 청소하는가?"

---

15 카톡으로 받은 글(출처 불명)을 편집

"예."

"훌륭하네. 헌데 공부할 시간도 모자라는 학생이 어찌 청소까지 하나?"

"저는 중국인 신입생인데, 우리나라 화장실이 가장 더러워서 매일 청소를 하는 겁니다. 이 학교를 졸업할 때까지 하기로 결심을 했습니다."

"자네 이름이 뭔가?"

"제 이름은 장개석입니다."

"장개석이라…"

총장은 그의 이름을 수첩에 적었다.

그 일로 인해 장개석은 특별 장학금을 받으며 공부를 할 수 있었고, 훗날 자유중국(대만)의 총통이 되었다.

장개석은 남이 제일 하기 싫어하는 화장실 청소를 통해 총통의 자리에까지 올랐다고 할 수 있다.

섬김은 사람의 마음을 얻고, 사람들을 따르게 하며, 존경을 낳기에 결국 성공의 자리에 이르게 한다.

민족주의자요, 독립운동가로 유명한 조만식 장로의 일화도 유명하다.

그는 청년 시절 머슴살이를 했다.

비록 머슴살이를 했지만 자신의 처지를 비관하거나 부끄러워하지 않고 열심히 일했다.

매일같이 주인의 요강을 깨끗이 닦았다.

성실하게 일하는 머슴을 본 주인은 이 청년이 머슴살이를 하기에는 너무 아깝다고 생각해 평양에 있는 숭실학교로 보내 공부를 시켰다.

마침내 그는 숭실학교를 우수한 성적으로 졸업하고, 오산학교 선생님이 되었다.

조만식은 제자들이 성공의 비결을 물을 때 "여러분이 사회에 나가거든 요강을 닦는 사람이 되십시오."라고 일러 주었다.

섬김은 능력이고 성공의 첩경이다.

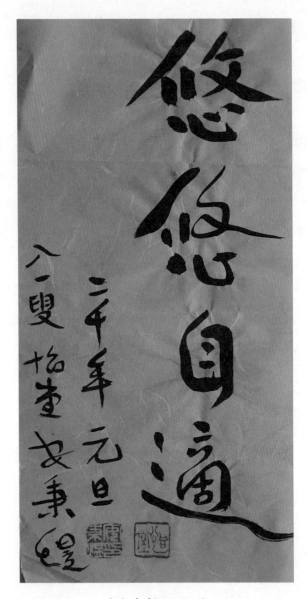

유유자적(悠悠自適)

: 속세를 떠나 아무것에도 매이지 않고 자유로우며 편안하게 삶.

조선 시대 양반의 걸음걸이는 유유자적 그 자체로,

팔자 형 운보법이 대유행이었다.

사. 기드온 정신

우리 R기연(ROTC 기독 장교 연합회)의 설립배경에는 사사기에 나오는 기드온의 정신이 깔려 있음을 기회 있을 때마다 강조해 왔다. 모래같이 많은 적군을 겨우 300명으로 135,000명의 미디안 연합군을 물리친 것이다.

"32,000명 중에서 두려워서 떠는 자 중 길르앗산에서 떠나 돌아가게 한 결과 돌아간 백성이 22,000명이요, 남은 자가 10,000여 명이었으나 남은 백성도 많으니 그들을 인도하여 물가로 내려가라. 거기서 내가 너를 위하여 시험하리라 하여 손으로 움켜 입에 대고 핥는 자의 수는 300명이요, 그 외의 백성은 무릎을 꿇고 마신 자라. 여호와께서는 기드온에게 300명으로 너희를 구원하여 미디안 사람을 네 손에 붙이리니 남은 백성은 각각 그 처소로 돌아가게 하셨다. 이는 이스라엘이 여호와를 거슬려 자긍하기를 내 손이 나를 구원하였다 할까 함이니라."

우리 R기연이 기드온을 되새기는 이유는 전쟁이든 무슨 일을 하든 자신들을 과신하지 말고 하나님을 의지하라는 것이다. 만약 32,000명이 우수한 전략전술과 지휘관의 작전 계획을 수립하여 수많은 미디안 군대를 물리쳤더라면,

첫째, 비록 적에 비해 적은 숫자이긴 하나 자신들의 능력에 의해 승리했다고 할 것이다.

둘째, 300명은 특공대나 뛰어난 병력이 아니다. 1만여 명 가운데 무작위로 선발한 병력이다. 만약 1만여 명을 두고 선발했더라면 선발하는 시간도 많이 소요되었을 뿐만 아니라 별별 부작용이 발생했을 것이다. 300명의 병력은 오직 하나님께 의지하여 이들의 역할은 단지 횃불과 나팔과 함성으로 적을 혼란에 빠트려 승리한 것이다.

셋째, 병력에 의지하지 않고 오직 하나님을 의지하는 힘으로 승리한 것이다. 하나님을 의지하니 새로운 힘이 생겨난 것이다. 세상에서 흔히 볼 수 있는 육신의 정욕과 안목의 정욕과 이생의 자랑은 그 어느 곳에서도 찾아볼 수가 없다.

되돌아보니 우리 발기인들도 오직 하나님만을 의지하여 매달릴 수밖에 없었다. 발기인 어느 누구도 대형교회 지원을 받거나, 금전적으로나 개인적으로 뛰어난 자질(Qualification)이 있는 것도 아니었다. 따라서 우리는 오직 하나님께만 의지하여 그 설립목적을 다음과 같이 하였다.

첫째, 진리의 말씀으로 무장하여 조국 간성으로 군 복무하고 있는 ROTC 출신 현역 장교들과 후보생 및 우리 출신 예비역들에게 확실한 신앙인들로 거듭나게 하고,

둘째, 각 교회에서 중책을 맡아 봉사하는 ROTCian들이 초교파적으로 한곳에 모여 뜨거운 성령의 체험과 말씀의 은혜를 나누며,

셋째, 어렵고 힘들어하며 길 잃은 이웃들에게 그리스도의 사랑을 따뜻하게 전하는 사명을 새로운 각오로 감당코자 한다.

1) 풀어야 해야 할 과제

우리 R기연은 그 출신성분과 구조적으로 볼 때 자칫 방치하면 말씀에서 경종을 울리듯이 육신의 정욕, 안목의 정욕과 이생의 자랑에 물든 단체로 전락할 위험이 곳곳에 내재되어 있다. 기독교 타 기관에서 보듯이 명예총재, 총재, 고문, 회장, 명예회장, 수십 명의 부총재, 부회장 수많은 본부장 등 그 명칭도 혼란하기가 짝이 없다. 이 기관들이 각자의 역할을 제대로 한다면 좋을 수도 있다. 문제는 현실이 그렇지 않다는 데 있다. 교인들도 직위나 자리를 참 좋아하는 것같다. R기연도 예외가 될 수 없다. 100여 명에 육박하는 고문과 자문위원, 회칙 수정도 없이 남발된 본부장, 주보에 실리는 기별, 대학별 신우회장, 목사회 및 지역별, 교회별 신우회장, 명예회원 등의 그 귀중한 이름들로 가득 차 있을 뿐만 아니라 KVMCF 산하 및 단체모임의 대표로 유명인들로 빽빽하게 채워져 있다.

매월 상시 월례회에 참석하는 분들은 100여 명 남짓하고 한 번이라도 등록한 회원은 700여 명임에 비하면 여타 기관을 비난할 엄두

도 나지 않는다.

따라서 창립멤버의 한 사람으로 다음과 같이 겸손한 자세로 하나님을 섬기자고 제안하는 바이다.

① 허수(虛數)를 버리자. 허수는 복소수(複素數 : Complex number) 즉 실수와 허수의 합으로 이루어지는 수를 말한다. 실수(實數)를 확인하자는 것이다. 책임과 의무를 다하는 회원이 과연 몇 명이나 되나? 아는 사람이 없다. 모든 장, 단기 계획은 회원 수를 확실히 파악함으로써 연도별, 조직별, 기별로 몇 사람을 새 신자로 전도했는가 등 노력과 성과로 파악되기 때문이다.

② 허세(虛勢)를 버리자. 최고 학부 출신에다 장교로서의 자부심은 허수에 불과한 숫자로 정해지지 않는다. 하나님을 의지하고, 설립목적에 따라 행동하고, 말씀과 기도로 무장한 회원으로 거듭나는 신앙인의 숫자가 중요한 것이다. 실속 없이 과장되게 부풀린 기세를 시정(是正)하자는 것이다. 이는 마치 체격(體格)은 크나 체력(體力)은 허약한 것과 다를 바가 없다.

③ 허상(虛像)을 버리자. 허상이란 물체의 참모습과는 상관없이 다른 것에서 만들어진 이미지를 말한다. 실력도 별로 없으면서 우리끼리 무슨 엘리트인 척하는 것은 실상과는 거리가 멀다. 하나님께서는 허상을 앞세우는 자들을 인정해 주시지는 않을 것이다. 학군 후보생이 임관을 앞두고 사병으로 입대하여 전역하는 숫자도 크게 늘어나는 등 현실을 직시해야 할 것이다.

2) 좀 더 겸손하자

우리 R기연은 세상과 하나님 앞에서 겸손해지자고 제안한다. 모세가 힘 빼는 데 40년 걸렸다. 골프도 힘 빼야 멀리 간다. 힘 빼는 데 3년 정도 걸린다고 한다.

잘해야겠다고 생각할 때가 힘을 뺄 때다.

교만은 패망의 선봉이다.

삭개오(Zacchaeus)도 예수님을 만나고 나서 겸손해지고 말았다.

ROTC도 61기가 임관했으니 조국 간성으로 자타가 공인하는 것은 맞는 말이다.

R기연에 회원으로 등록하는 신세대들을 보면 벅찬 감격이 가슴을 채우고 있다.

우리도 20기 정도와는 알게 모르게 세대 차이가 나는 것을 피부로 느낀다. 현 사무총장도 24기로 알고 있는데 그 이하 기들에게 회원으로 등록하기를 권유하는 것이 쉽지 않다는 것이다. 말은 않지만 꼰대들이 많다는 이야기로 들린다. 그러나 나이로 세대 구분하려는 사람들도 필자가 보기에 기존 세대들로 매도될 시기가 경각에 달려 있다고 느껴진다. 다만 자기 계발을 하고 세대 변화에 맞추려는 노력 여하에 달려 있다고 나는 생각한다.

3) 자기 계발

우리는 이미 4차 혁명시대에 들어와 살고 있다. 학자에 따라서 20년 내로 5차 산업혁명이 도래한다고 한다. 컴퓨터 용량도 3~4년 전부터 ZB(제타바이트 : 10의 21승)단위가 운위(云爲)되더니 2023년 들어와서는 YB(요타바이트 : 10의 24승)이 회자되고 있다. (참고로 1 제타바이트는 1조 기가바이트이며 인류가 5천 년간 만든 정보가 1.4 제타바이트다) 4차 산업혁명의 특징은 급진적, 파괴적, 융, 복합적이다. 어떤 이들은 줄여서 ICBM이라고도 설명한다. I(IoT), C(Cloud), B(Big Data), M(Mobile)이 초연결, 초지능으로 특이점(Singularity), 즉 인공지능이 비약적으로 발전해서 인간의 지능을 뛰어넘는 기점이 눈앞에 다가와 있다는 것이다. 참고로 서울대학교 총장이 2023년도 학위 수여식에서 Chat-GPT에게 "서울대생들이 졸업하면 무엇을 하면 좋겠나?" 하고 질문하니 "서울대에서 갈고 닦은 지식과 시간을 남을 돕는 데 사용하라" 즉 "Use your knowledge and time to help others"라는 말로 응답 받았다고 소개했다. 이는 우리 기독교 정신과 일맥상통(一脈相通)하고 있다.

우리는 1990~2010년 태어난 이들을 Z세대라 한다. 1980~2004년에 태어나서 온라인과 디지털 사용에 익숙한 이들을 우리는 MZ세대라 칭한다. MZ세대는 2019년 기준으로 약 1700만 명 정도로서 국내인구의 약 34%를 차지하고 있다. 자식이 부모보다, 후배가 선배를 제치고, 신입사원이 임원을 제치고 새로운 지식과 각종 기기들을 잘 다루는 초역전 시대에 우리는 살고 있다. 엄청난 정보로 일 추진

도 빠르고, 엑셀과 파워포인트를 자유자재로 활용하여 멋진 보고서
도 만들어 낸다. 나이 많고 경험 많은 사람이 실력을 발휘하던 시대
는 서서히 사라지고 있다. 또한 2010년 이후 태어난 지금의 초등학
생들이 사회 주역이 될 날이 그리 멀지 않았으며 우리는 이들을 알
파(Alpha)세대라 일컫는다. 기성세대는 업무를 위해 메타버스(Meta
verse)를 열심히 배우고 있지만 지금의 초등학생들이 사회에 진출할
시기에는 어려서부터 사용하던 초현실(AR/VR)세계인 메타버스로
모든 것을 소통할 것이다. 20기 이후의 R기연 회원들도 하나님을 의
지하는 한편 선배들을 탓하기 전에 자기 계발에도 남다른 노력으로
R기연을 이어 갈 준비에 소홀함이 없기를 당부한다.

4) 내가 왜 이렇게 외치나?

"외치는 자의 소리여 이르되 너희는 광야에서 여호와
의 길을 예비하라 사막에서 우리 하나님의 대로를 평탄
하게 하리라."(이사야 40:3)

"인자야 내가 너를 이스라엘 족속의 파수꾼으로 세웠
으니 너는 내 입의 말을 듣고 나를 대신하여 그들을 깨
우치라."(에스겔 3:17)

"나팔을 불지 않으면 그의 피 값을 네 손에서 찾으리

라.”(에스겔 3:18)

“나팔 소리를 듣고 정신을 차리지 아니하므로 그 임하
는 칼에 제거함을 당하면 그 피가 자기의 머리로 돌아
갈 것이라 그가 경고를 받았던들 자기 생명을 보전하였
을 것이나 나팔 소리를 듣고도 경고를 받지 아니하였으
니 그 피가 자기에게로 돌아가리라 칼이 임함을 보고도
파수꾼이 백성에게 경고하지 아니하면 그 죄를 내가 파
수꾼에게 찾으리라.”(에스겔 33:4~6)

“나는 선지자 이사야의 말과 같이 주의 길을 곧게 하라고
광야에서 외치는 자의 소리로라 하니라.”(요한복음 1:23)

이상은 발기인의 심정을 가감 없이 피력하였으니 심기를 불편하
게 했다면 넓은 아량으로 양해해 주시기를 당부 드린다.

아. 헥사곤(Hexagon)들의 함성(喊聲)
- 우리는 대한민국 ROTC 제6기

기하학에서 육각형을 헥사곤(Hexagon)이라 한다. 따라서 육각형 인간이라는 말이 있듯이 우리 6기는 매사에 힘을 합쳐 완벽한 조직을 추구하는 열정과 긍정의 의미를 내포하고 있다. 육각형이라면 떠오르는 것이 있다. 건축의 달인이라는 벌이 지은 집은 가장 최소한의 재료들로 최대한의 공간을 확보할 수 있고 합칠수록 공간을 허용치 않는 구조다. 그러한 자부심을 가진 우리 6기는 2023년 임관 55주년을 맞아 감격 어린 기념식을 성대하게 개최하였다.

1968년 2월, 3,317명이 임관의 영예를 안고 자랑스러운 대한민국 육, 해, 공 소위 계급장을 양어깨에 달았다. 조국에 충성, 신명을 바쳐 나라를 지키는 애국심으로 그 기개는 하늘을 찔렀다. 임관과 동시에 각 병과학교에 입교하여 3개월간의 피땀을 흘리는 신임장교 집체훈련을 받을 때였다. 저 유명한 북괴 김신조 일당의 청와대 습격 사건이 발발했다. 침상에서 몇 날 며칠 잠도 자지 못한 채 비상시에 대비한 훈련을 받은 것이 아직도 기억이 생생하다. 지나간 55년의 세월이 참 빠르기도 하다.

요즘도 이런저런 연유로 동기생들이 모일 때면 그때의 그 기상이 아직도 살아 있다. 공사 행사를 치를 때면 동기끼리 도우고 희생하는 정신은 ROTC 중 어떤 기별보다도 강하다고 자부한다. 산수에 접어든 나이임에도 지금도 정기 모임이 있을 때면 100여 명 이상이 모여 전우애를 바탕으로 서로 상부상조(相扶相助)하고 있다. 6기의 특성이 잘 발휘되는 취미와 성격에 따라 모임을 갖는 각종 행사를 간단히 소개하고자 한다.

1) 대한민국 ROTC 기독 장교 연합회

2006년 6월 '하나님을 위하여 나라를 위하여'라는 사명으로 대한민국 ROTC 기독 장교 연합회는 초대회장 황덕호 장로가 주도하여 창립되었다. 이제 3년 후면 창립 20주년을 맞는 엄청난 성장이 눈앞에 전개되고 있다. 믿지 않는 장교 출신을 위주로 예수님을 전도한 결과 17년이 경과했다. 매월 3째 주 토요일 7시가 되면 영락교회 선교관에 모여 기별, 학교별 신우가 주관하여 예배를 드리고 있다. 지금 16기가 10대 회장이며 등록회원이 800여 명에 이른다. 교파를 초월한 대한민국 기독 단체의 중추세력으로 자리 잡아 가고 있다. 다음 달이면 선후배 기가 모여 드리는 연합기도회가 200회 차가 되는 역사가 이루어져 가고 있다. 또한 우리 ROTC는 2023년 62기가 임관되어 약 20만 명의 장교를 배출했다. 그중 30여 개의 기별 신우회가 조직되어 있고 정기적인 연합예배를 드리고 있다. 각 기별 신우회도 결성되어 기별로 특징을 살려 월례예배를 드리고 있다. 지방 조직도 속속 결성되어 확장일로에 있으며 지역별로 부울경(부산, 울산, 경남), 대구 경북, 대전 세종, 광주, 전주가 조직, 확장되고 있다. 해외

지회도 미국을 비롯한 미주 전역으로 확대되고 있다. 지난 10월에는 뉴욕 지회가 출범함과 동시에 재미(在美) 약 200여 명의 ROTC 출신들이 모여 북미 연합회가 조직되었다. 찬양하고 기도하며 정기모임이 날로 활성화되고 있을 뿐만 아니라 영접하는 신우들이 늘어만 가고 있다.

2) 6기 기독신우회(基督信友會)

- 고정 참석자 2023년 11월 기준 28명
- 매월 둘째 주 화요일 11:00AM
- 예배장소 : 사당동 석천교회
- 회장 : 이용국 장로

3) 6기 산우회(山友會)

6기 산우회(山友會)는 1990년도 창립된 중앙회 산악회(대장 : 3기 배영진)에 열정적으로 참여했다. 전국 해발 1,000m 이상의 명산대천(名山大川) 등반을 위주로 몸을 단련했다. 설악산 야간 산행 시 이른 새벽 오색 약수터에서 출발하여 대청봉에서 일출을 보며 저마다 가슴속에 품고 있는 소원을 기도(祈禱)하였다. 기록을 보니 40여 명의 회원 중 대청봉 정상 도전에서 우리 6기는 2명(박승환, 강영구)이 랭킹 10위권에 들어서 우수한 산악인으로 선정되었다.

1997년 3월 30일 6기 등산 애호가 11명이 모여 관악산에서 별도로 산우회를 조직했다. 매월 셋째 주 목요일 오전에 모여 서울 근교 청계산, 관악산, 북한산, 우면산 등을 오르내리면서 때로는 부부 참여로 20여 명에 이르고 있다. 2000년엔 회원 중 6명이 금강산 등반에 참여하였고 그 의미는 가히 역사적이었다. 회원 모두가 열정적으로 참여하고 있으며 2024년에는 고정 멤버를 매월 30여 명으로 확대할 계획을 가지고 있다.

- 등록회원 56명(평균 20여 명 참석)
- 매월 셋째 주 목요일 11:00AM
- 장소 : 수시변경
- 리더 : 박승환, 김종연
- 회장 : 박태병

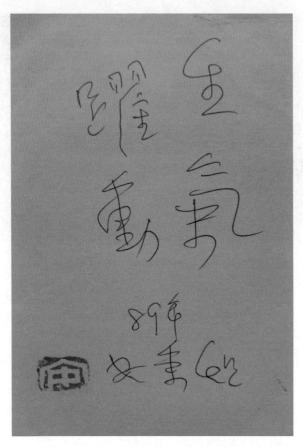

생기약동(生氣躍動)

: 생생하고 살아 있는 기운이 생기 있고 활기차게 움직인다.

자. 크게 성공하진 못했을지라도

불과 십수 년 전만 하더라도 나는 꿈과 어떤 분야에 있어서 뭔가 해낼 수 있으리라고 자부하고 있었다. 내색하지는 않았다. 꿈같은 세월이 화살같이 지나 버려 뒤돌아보니 결국은 아무것도 아닌 보통 사람의 대열에 동참하고 있음을 뼈저리게 느끼고 있다. (Until many years ago, I thought I was a decent person. Now that I've passed by, I think I'm nobody. 한마디로 줄이면 'I am somebody, but I am nobody') 그러나 크게 성공하진 못했으나 순간순간마다 수많은 역경을 이겨 내고 꿋꿋하게 버텨 온 것은 오로지 하나님의 은혜였다. 식구들과 수많은 친구와 조직 생활을 하는 동안 함께 일한 상사와 부하들께도 감사와 고마움을 표하고 싶다.

크게 성공하진 못했을지라도 뒤돌아보니 세 가지 정도는 선택을 잘한 것으로 생각한다.

첫째, ROTC 입단을 선택하여 장교로서의 긍지와 품위, 애국심 고취 등은 무엇과도 바꿀 수 없는 자산이 되었음을 기억한다. 비록 4년 3개월로 전역하였으나 후보생 시에는 자치회장에 당선되어 장교 교육에 더하여 리더십을 갈고 닦는 기회가 되었다. 이 기회는 결과적으로 대한민국 ROTC 기독 장교 연합회를 창립하는 데 적극 동참하여 초대 사무총장으로 결실의 열매를 맺게 된 것이다. 이를 통해서 선후배는 물론 관련 단체와의 인연도 무시할 수 없는 인생의 자산을 갖게 된 것이다.

둘째, 동아 소시오 그룹에 입사하여 25년을 보람 있게 보낸 것이다. 때맞춰 승진했고 세 아이들을 대학교 졸업을 시킨 일자리였다. 맡은 일들 중 가장 자랑스러운 일은 동아 소시오 그룹의 연수원 설립의 기초를 확립한 것이다. 고 강신호 회장님과 의기투합하여 교육 담당자로서 맘껏 일했고, 고 안병욱 교수님과 국내 저명 교수나 전문가들과 일을 통해서 친분을 두텁게 쌓았다. 개인적으로 회사의 지원을 받아 참여했던 사외 교육을 이수한 것도 크게 수혜를 받은 셈이다. 특히 국내 이온음료의 대명사로 불릴 만큼 깨끗한 이미지의 포카리스웨트는 도입 당시부터 7년간을 초대 PMM(Product Marketing Manager)으로 맘껏 마케팅 전략을 구사하였다. 비록 퇴사한 지도 오래되었으나 발매 당시부터 지금까지 35년간을 한결같이 마켓 쉐어 1위 자리를 꿋꿋하게 이어 감을 볼 때 보람을 느끼게 된다.

셋째, 스포츠를 통하여 자기희생과 포지션에 따라 부여된 임무를 충실하게 한 것이다. 중학교에 진학하여 전통 있는 농구부에 들어갔다. 승부욕과 끝없는 훈련은 결국은 땀 흘린 양만큼 성과가 나타나는 것이다. 패자에게는 그 어떤 이유로도 변명을 할 수 없는 것이다. 패자는 승자에게 박수 치고 부러워하는 신세가 되는 것이다. 농구부 주장과 겸하여 그 인기로 운영위원장으로 당선되기도 하였다. 나의 저서 《898스토리》에서도 밝혔듯이 대학생이 되어서도 좋은 친구들을 사귀게 되고 ROTC에 입단하여 자치회장으로 이어지는 것은 우연이 아니었다. 스포츠에서 익힌 규칙과 협동정신이 회사나 단체 활동에 있어서 너무나 중요한 것은 재언(再言)을 요치 않는다.

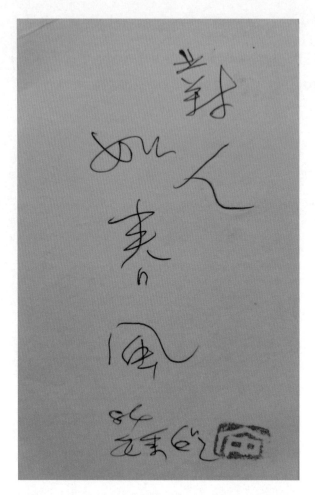

향기여상설 대인여춘풍(向己如霜雪 對人如春風)에서 인용함.

인간관계에 있어서 자기에게는 눈서리처럼 차갑게,

남에게는 봄바람처럼 따스하게 하라는 경계의 말씀.

8

:::::::::::::

그리움과 눈물

눈물이 그리움인가, 그리움이 눈물인가?

눈물이 그리움인가?

그리움이 눈물인가?

그리움이란 끝없이 흐르는 크로노스 세월 속에

다시는 되돌아갈 수 없는 그 시절이며

눈물이란 희로애락(喜怒哀樂) 인생사를 겪으며

시도 때도 없이 반복될 수도 있는 것.

눈물 없이는 부를 수 없는 노래가 있다.

초등학교 졸업식에서 부르는

빛나는 졸업장을 타신 언니께…

재학생이 부르는 1절이

시작과 동시에 눈시울이 붉어진다.

졸업생이 부르는 2절은 잘 있거라 아우들아

정든 교실아

선생님 저희들은 물러갑니다…

눈물범벅이 되어

구절구절 연결이 끊어지고…

합창하는 3절은 재학생 졸업생이 울고

참석한 학부모와 임석한 선생님들도 눈시울이 붉어지는
이 졸업식은 눈물범벅된 파티였지.
이 모든 장면은 그리움 그 자체다.
티 없이 순수했던 그리움이다.

지나간 그리운 시절을 생각해 보라.
초등학교, 중학교, 고등학교, 대학교 교가를
꿈과 희망 속에 부른 노래였건만
지금 되돌아보니
그 역시 가슴 깊음 속에는 눈물 깃들인 사연들이 많은 것을.
추석이나 설 명절 돌아와도 온갖 형편으로
가지 못하는 고향.
타향이나 타국 또는 병상에서
내 고향 내 나라가 눈에 어른거리고 서리는데
그리운 부모, 형제가 있어도 갈 수 없는 고향.
직장 없고 돈 없어 못 가는 고향이라면
배가되는 서러움과 슬픔과 함께
밝은 달이나 그리움에 절로 흘리는 눈물이
그리움이 눈물인지 눈물이 그리움인지.

부모님 슬하에서 행복했던 시절도
정성 없는 부모님의 사랑을 누가 설명할 수 있으랴.
정성 없는 자식 사랑이란 세상 그 어디에도 없다.

형제자매들과의 애틋했던 그때도
그 많은 입학식과 졸업식에도 눈물이 숨어 있네.
기쁨도 감격도 슬픔도 정성도 모두가 눈물뿐이네.
정들고 사랑했고 아쉬움이 클수록 눈물이 많음을 어쩌랴.
기쁨도 눈물이 되고 슬픔은 더더욱 깊은 눈물을 자아낸다.
그리움이 눈물인지 눈물이 그리움인지
눈물 없이는 부를 수 없는 노래 중
어머니를 그리는 애틋한 노래가 있지.

나 어릴 때 큰 꿈을 안고
어머님 모습 뒤로 서울 가는
기차 타고 고향을 떠나 왔네.
내 아들아 내 딸들아 잘 살아 다오.
부모 걱정 하지 말고 큰 꿈을 펼쳐라.
어머님의 그 말씀이
지금도 귓전에 맴도네.
추석이 되고 설날이
오면 보고 싶은 어머니.

자나 깨나 자식 걱정에 한평생
살아오신 그 모습이
애처로워 밤새워 울었소.
내 아들아 내 딸들아 잘 살아 다오.

부모 걱정 하지 말고 건강해 다오.
어머님의 그 말씀이
지금도 귓전에 맴도네.
어버이날 돌아와도
꽃 한 송이 전할 길 없네.

화려한 업적을 쌓은 운동선수가 은퇴 경기를 마치고
자기를 사랑했던 팬들과 관중을 향해 손을 흔들며 작별할 때
흐르는 것은 눈물인가 그리움인가.
연예인과 유명가수가 은퇴 공연을 하면서 마지막 무대에서
못내 아쉬워하면서
흘리는 것은 눈물인가 그리움인가.

이제 인생 80 되니 타인의 슬픔이 내 슬픔이 되고
하찮은 일에도 눈물이 앞설 때도 많아진다.
오늘의 희로애락도 내일이면 그리움으로 변한다.
때론 미움이 변하여 그리움 될 때도 있다.
그리움이 변하여 미워질 때도 있다는 것이 내 마음인가.
미움이 변하여 사무치는 그리움 될 때도
사랑하던 마음이 변하여 미움 될 때도 있네.
도대체 진짜 내 마음이 무엇인지
그리움인지 글썽이는 눈물인지
내 마음의 정체(正體)가 무엇일까?

내 마음 나도 몰라.

아직도 사랑, 미움, 그리움과 눈물이 한도 끝도 없구나.

참으로 내 마음 내 가슴의 크기를

그 어느 누가 측량(測量)할 수 있으랴!

만나는 사람마다 내 가슴에 흔적(痕迹)을 남기네.

만나고 헤어지고 흔적(痕迹) 남기고

그것이 변하여 그리움이 되고

그것이 변하여 사랑이 되고

그것이 변하여 눈물 될 때도 있지.

미움이 변하여 사무치는 그리움 될 때도

눈물이 그리움인가?

그리움이 눈물인가?

탓해 보고 아쉬워해도 남는 것은 눈물뿐이네!

눈물이 모든 것을 녹여 버린다.

밝힐 수 없던 사랑했던 사람을 어찌 눈물 없이 잊을 수 있으랴.

승리의 기쁨도 패배의 슬픔도 환호(歡呼)와 쾌재(快哉)도

모두가 눈물의 결과네.

당선(當選)과 낙선(落選)도 눈물을 동반(同伴)한다.

사람들의 심금(心琴)을 울렸던 노래도 수없이 많네.

모두가 그리움과 눈물을 동반한다.

만남의 기쁨도 이별의 슬픔도

뜨겁던 사랑과 열정(熱情)도
눈물을 동반(同伴)할 때
더욱 진(眞)하게 상승(上乘)작용을 한다.

눈물이 그리움인가?
그리움이 눈물인가?
살아 보니 인생은 눈물인 것을.
살아 보니 인생은 그리움인 것.
살아 보니 인생은 눈물겨운 정(情)이네.
살아 보니 인생이 미움인지 그리움인지.
남은 인생의 숙제는
사랑으로 채워서
결산(決算)에 대비하여
내 인생의 대차대조표(貸借對照表) 완성을 위해
물론 흑자마감을 위해 혼신을 다하련다.

이제는 눈물도 그리움도 애틋한 그 정(情)도
미움과 사랑도
한 조각 구름같이 흩어져 가는 것을.
눈물이 그리움인가?
그리움이 눈물인가?

9

사명은 병마도 극복할 수 있다

- 화농성 척추염과 봉와직염을 극복하고

산수(傘壽) 나이에 접어드니 신체의 고장신호가 여기저기 나타난다. 통증 때문에 동네 병의원도 다니고 해서 걱정되던 차에 2023년 5월 6일 오후 집사람이 밖에서 나에게 전화했다. 집사람에 의하면 나의 답변이 목소리에 힘이 없고 평소와 같지 않고 요리하러 가야 한다고 하면서 무슨 말을 하는지 횡설수설(橫說竪說)하더니 말이 끊겼다가 또 이상한 말을 이어 가서 급히 귀가하여 내가 평소 다니는 동네 의원에서 링거를 맞게 했단다. 그리고 나서 귀가하는데 너무나 이상한 행동을 보여 119로 의정부에 있는 을지대학교 응급실로 갔더니 담당교수가 없어서 응급환자를 받을 수 없다는 대답을 들었다고 했다. 가까이 있는 의정부 성모병원에 입원시키고 응급조치를 한 의사 선생 말이 상태가 위중하니 암 치료한 서울 아산병원과 통화한 후 받아 주기로 했으니 소견서와 각종 데이터가 있는 서류를 동봉하여 앰뷸런스로 서울 아산병원 응급실에 입원시켰다고 했다. 나의 고집이 여간 아니어서 성남에 살고 있는 딸을 불러서 반강제적으로 서울 아산병원 응급실로 입원시켰다고 했다.

이것은 집사람이 최근 나에게 들려준 말이다. 나는 전혀 기억이 나질 않는다. 어느 정도 의식을 회복한 뒤 곰곰이 생각해 봤다. 아무 준비도 없이 큰 낭패를 당했더라면 얼마나 황당했겠는가 생각해 보니 정말 억울한 생각 끝에 이유 불문 그때그때 정리를 잘해야겠다고 다시 한번 다짐하는 계기가 되었다.

나이가 들어 갈수록 기독교인인 나에게는 반드시 풀어야 할 문제가 둘이 있다. 첫째, 끊임없이 반복되는 죄의 문제를 어떻게 해결할 것인가? 평소 갖고 있는 교만(驕慢), 정욕(情慾), 미움, 시기(猜忌), 질투(嫉妬) 거짓과 실수(失手) 등이다. 둘째, 죽음이 가까워 옴에 따라 어떻게 대처할 것인가 하는 두려움과 공포(恐怖) 등이다. 나는 이번 화농성 척추염과 봉와직염으로 2023년 5월 8일 서울 아산병원에 입원하여 동년 7월 10일 의정부 을지대학교 병원에서 퇴원했고 다음 날 다시 서울 아산병원에서 전반적인 결과를 체크할 때까지 2개월 4일 동안 입원 생활을 했다. 그리고는 집에서 약물 치료로 전환했다. 그동안 80대의 환자들과 같은 병실에 있으면서 나가고 들어오는 환자들을 관심 있게 관찰해 보았다. 별의별 환자들을 보면서 죽음이 의외로 가까이 있다고 느껴졌다. 응급실에서 환자의 비명 소리와 부인이 운동하고 귀가해 보니 멀쩡하던 남편이 바닥에 쓰러져서 숨이 끊긴 상태에서 119를 불러 응급실로 실려 오는 등 사람 팔자 시간문제라는 말을 실감했다. 다시 한번 나에게 나타난 사전 증상이 어떠했는지 되돌아보았다.

2023년 4월 말부터 7월 초순까지 이 3개월여는 또 한 번 생사와 사투(死鬪)를 벌인 기간이었다. 특히 5월 6~7일에 나를 둘러싸고 일어난 일들은 한두 번 잠시, 잠깐의 기억 외에는 전혀 기억이 없다. 정말 머릿속이 하얗다고나 할까? 5월 8일은 서울 아산병원 응급실에서의 일이다. 119 구급차에 실려 응급실에 도착했을 때 이송(移送)

반 직원이 나를 응급 침대로 옮기는 과정 중에 침대로 옮기기 위해 나의 신체부위를 터치할 때 참을 수 없는 통증에 몸부림을 쳤다. 주변을 둘러보니 서울 아산병원 응급실이었다. 아내가 있는 것을 보고는 또다시 의식이 몽롱(朦朧)해졌다. 지금 이 시간 4월 말부터 나에게 일어났던 신체 변화를 다시 한번 되짚어 봤다. 좌우 어깨 통증이 수시로 바뀌었고, 그때마다 정형외과를 찾았고, 주사를 맞고 물리치료를 했으나 며칠 못 되어 재발했다. 정형외과를 비롯하여 내과 의원을 찾았으나 개선의 증상은 별로 없었다. 서울 아산병원에 입원한 수일이 지난 뒤 회진 오신 나의 주치의인 정형외과 이종석 교수께서 패혈증이 아닌가 의심이 들 정도로 긴장했다고 말씀하셨다. 염증이 그렇게도 신체 온 부위에 너무도 광범위하게 퍼져 있는 흔치 않는 증상이었다고 설명해 주셨다. 패혈증이었다면 주사를 걸어 놓고 하늘의 처분만 기다릴 수밖에 없었다고 했다.

염증 수치(CRP)는 서울 아산병원 기준 정상은 zero~0.6인데 내가 응급실 실려 간 2023년 5월 8일은 C반응성단백(CRP)이 무려 30.89mg/dl로 엄청나게 위험한 순간이었다. 적혈구 침강속도(ESR)도 기준이 zero~0.9mm/hr인데 나는 120mm/hr이었다.

나는 고령이라 일상생활을 독자적으로 할 수가 없는 상태이므로 처음 열흘간은 대소변 등을 침대에서 해결해야 해서 간병인을 쓸 수밖에 없었다. 24시간 근무에 일당 15만 원으로 책정되었다. 서울 아산병원 26일간을 비롯하여 을지대학교 병원까지 든 간병료는 총 320여만 원이었다.

염증 수치(數値) 확인을 위해 주 2회 채혈했고 3일마다 주사 자리를 옮기기 때문에 주사 놓을 자리 찾기가 여간 어려운 것이 아니었다.

첫 주사시간은 오전 8시, 두 번째는 오후 4시, 세 번째는 밤 12시 등 하루 3번씩 주사를 놓았고 수술하지 않고 항생주사로 치료하다 보니 치료 기간이 길어졌다. 나는 혈관이 약하여 자리 찾기가 간호 사들에게는 여간 어려운 것이 아니었다. 주사 자리를 잡을 때면 간 호사들이 애를 먹었고 자리를 찾기 위하여 4번 찌를 때도 있었다. 퇴 원할 즈음에는 주사 전담 간호사를 불러서야 겨우 찾는 등 모든 것 이 여의치 않았다.

2023년 10월 24일은 서울 아산병원 정형외과 주치의 박세한 교수 님께 채혈한 결과와 현재의 상태를 마지막으로 점검하는 자리였다. C반응성단백(CRP) 수치가 0.36mg로서 참조범위가 0~0.6 사이면 정 상치인데 드디어 정상화되었다. 박 교수님께서 "이제 졸업하시죠. 그 동안 고생 많았습니다" 하고 고마운 격려를 해 주셨다. 식구들에게 문자로 이 기쁜 소식을 빛의 속도로 알렸다. 며칠이 지난 뒤 친구들과 의 정기모임 자리에서 오두범 교수(서울대 문학박사)가 "당신은 넘어 지기도 잘하고 일어나기도 잘한다"고 하면서 격려금을 주었다. 그 말 이 너무나도 가슴에 와닿았다. 뒤돌아보니 1998년 9월 26일 패혈증 으로, 2016년 5월 서해부 다분화성 횡문근육종으로 입원해서 암 수술 을 받았고, 2018년 임관 50주년 기념식에 참가하여 지하철역에서 넘 어져 고관절 골절로, 2020년 암 전이로, 이번 화농성 척추염과 봉와직 염으로 무려 5번에 걸쳐 일가친척과 주위 친지분들에게 걱정을 끼쳤 으니 얄궂게도 그런 말을 들을 만했다. 지금부터는 절대 넘어지지 않 아야 되겠다고 다짐하는 계기가 되도록 특별히 주의해야겠다.

Epilogue

'초대(初代)'를 사전에서 찾아보니 다음과 같았다.

① 차례로 이어 나가는 자리나 지위에서 그 첫 번째에 해당하는
   차례. 또는 그 사람
② 한 계통의 연대나 세대의 첫머리를 말한다.

나에게는 초대(初代)라는 수식어가 붙는 말이 2개가 있다.

그 하나는 회사에서 신규 사업으로 도입된 포카리스웨트
(POCARI SWEAT) 브랜드 초대 매니저(BRAND MANAGER)이다.

또 하나는 대한민국 ROTC 기독 장교 연합회를 조직하면서 초대
사무총장에 취임한 것이다. 이 일을 맡은 것이 나에게 엄청난 행운
이었고 기회였다.

회사에서 신제품 브랜드 매니저를 맡는다는 것은 위험을 수반(隨
伴)하는 것이다. 하나의 브랜드를 키우고 치열한 시장에서 살아남
는 것은 물론 때로는 회사의 사활이 걸린 것으로 웬만한 각오와 사
명감(使命感) 없이는 맡기 어려운 직책이다. 대부분 과장급이나 잘
해야 차장 정도가 일반적인 관행이었다. 영업 전체를 지휘하는 나는
본부장이란 직책이 있었기에 재량을 발휘할 수 있었고, 또한 상사

의 간섭이나 견제를 받을 이유도 없었다. 매슬로의 인간 욕구 5단계 (Maslows' Hierarchy of Needs) 중 4단계인 자기존중의 욕구(Esteem need)와 자아실현 욕구(self-actualization)의 중간쯤에 위치한다고 할 수 있었다. 실무자로 쌓은 애로사항들을 경험 삼아 나의 재량을 맘껏 발휘할 수 있었다. 제품 브랜드에 맞는 우수사원을 30~40명을 뽑아서 내가 직접 특수 훈련을 시킬 수 있었고 동시에 책임도 질 수밖에 없었다. 전력투구하는 투수와 같이 혼신(渾身)의 노력은 밤낮이 없었다.

대한민국 ROTC 기독 장교 연합회를 만든다는 것도 여간해서는 감내(堪耐)하기 힘든 작업이었다. 군(軍) 특성상 선후배 관계를 무시할 수가 없었다. 위로 5개 기의 선배들이 도처에 산재해 있었다. 우리는 6기로서 겪어야 하는 견제와 간섭들로 애로사항이 참으로 많았다. 무식한 사람이 용감하다는 말이 있듯이 우리 6기가 똘똘 뭉쳐 일사불란(一絲不亂)하게 사명감을 가지고 맡은 바 자기역할(自己役割)들을 충실히 수행(遂行)한 결과 오늘의 조직이 짜임새 있게 되었고 내후년이면 벌써 창립 20주년을 맞게 된다. 이것도 주님의 은혜임을 시시각각(時時刻刻) 느끼고 있었다.

둘 다 보람 있고 고통과 어려움이 따랐으나 지나고 보니 나에게는 크나큰 행운이었다. 2023년 4월까지만 해도 나는 남은 기간을 잘 활용하여 5권의 책을 만들 목표를 세우고 매진(邁進)하기로 작정했다. 그런데 5월 초 서울 아산병원에서 뜻밖의 이름도 생소(生疏)한 화농성 척추염과 봉와직염(급성 세균 감염)에 감염되어 2개월 넘게 입원하여 고통스런 날을 맞이했다. 75kg 나가던 체중도 63kg으로 줄었다. 당분간 목표를 수정하고 재검토(再檢討)해야겠다.

러시아의 유명한 작가 도스토예프스키는 "우리에게 고통이 없다면 무엇으로 만족(滿足)을 얻겠는가?"라고 말했다.

하나의 고통이 열 가지 감사를 알게 하고 하나의 감사가 열 가지 고통을 이기게 한다. 그 누가 말했던가? "우리의 삶은 고난이 가져다주는 고통보다 훨씬 아름답고 위대하다."고 갈파(喝破)함을 가슴 깊이 새기면서 제2권을 마무리하고자 한다.

다음은 간디의 명언이다.

"내일 죽을 것같이 살고 영원히 살 것같이 배우자."
(Live as if you are going to die tomorrow and learn as if you are going to live forever.)

표지의 의미

수평선에서 해(혹은 달)가 떠오르는 것을 단순화 시킨 이미지로, 동그라미는 해 혹은 달 물결은 바다, 파도를 상징한다. 원고의 성실, 끈기라는 키워드를 해와 달로 표현, 누가 시키지 않아도 매일같이 뜨고 지고 대단한 일이 아닌 것처럼 보이지만 많은 사람들이 거기에서 아름다움을 느끼는 것처럼 성실, 끈기 있게 일을 해내는 저자를 담아냈다.

크게 성공하진 못했을지라도

ⓒ 강영구, 2024

초판 1쇄 발행 2024년 3월 5일

지은이   강영구
펴낸이   이기봉
편집   좋은땅 편집팀
펴낸곳   도서출판 좋은땅
주소   서울특별시 마포구 양화로12길 26 지월드빌딩 (서교동 395-7)
전화   02)374-8616~7
팩스   02)374-8614
이메일   gworldbook@naver.com
홈페이지   www.g-world.co.kr

ISBN   979-11-388-2794-2 (03810)